किसका सच
कितना सच

डा॰ रवि कुमार

Copyright © Dr. Ravi Kumar
All Rights Reserved.

"सबसे पहले मैं शुक्रिया अदा करना चाहूँगा उन किरदारों का जिनकी बदौलत इन कहानियों का कहानी बन पाना तय हुआ। वो किरदार जो कुछ कुछ मुझ जैसे हैं कुछ कुछ आप जैसे हैं कुछ कुछ हम सब जैसे हैं अगर वो ना होते तो ये किताब भी ना होती।उसके बाद शुक्रिया मेरे परिवार वालों का,मेरे दोस्तों का जिनकी हौसला अफ़ज़ाई ने मुझे ये यकीन दिलाया कि मैं भी कुछ लिख सकता हूँ। फिर इसके बाद शुक्रिया मेरी शरीक-ए-हयात मेरी ज़िंदगी की हमसफ़र शालिनी का जिसने ना सिर्फ मुझे सुना बल्कि समझा भी और हर बार कुछ नया लिख देने पर दाद भी दी और शुक्रिया मेरे लख्त-ए-जिगर राघव का जिसके छुटपन की मुझसे कहानियाँ सुनने और नित नए किरदार गढ़ने की ज़िद ने मेरे ख्यालों को पंख दिये। इस किताब का कवर डिज़ाइन भी उसी की बदौलत है और सबसे आखिर में शुक्रिया नोशन प्रेस का जिनकी बदौलत कहानियों का एक पुलिंदा किताब की शक्ल ले पाया।"

क्रम-सूची

प्रस्तावना   vii

भूमिका   ix

1. पुराना रोग   1

2. मलबे का ढेर   7

3. सुबह की नींद   9

4. शांति पाठ   14

5. एग्ज़िट   26

6. भार   31

7. असली मर्द   39

8. बदला   42

9. रोमांच   48

10. काली कढ़ाई   54

11. मक़ाम   58

12. नाम क्या है?   64

13. किसका सच कितना सच   69

प्रस्तावना

किस्से,कहानियाँ और उनके किरदार बावजूद होते हैं। उन्हें गढ़ना नहीं पड़ता उन्हें बस पढ़ना होता है। "किसका सच कितना सच" में मैंने भी बस ऐसी ही एक कोशिश की है और उम्मीद है आप सब भी इस कोशिश का हिस्सा बनकर इसे कामयाब करेंगे। हर कहानी की बुनावट का ताना बाना आपको अपने आस पास ही बुनता हुआ सा नज़र आयेगा और हर किरदार आपको अपने नजदीक से गुज़रता हुआ सा लगेगा जैसा की मुझे लगा। हो सकता है मेरा और आपका नज़रिया भले ही अलग हो मगर हम सब की नज़रें तो वही देखती हैं जो उनके सामने घट रहा होता है। मैंने बस वही देखा और पन्नों पर उकेर दिया।

भूमिका

"मैं कोई कहानीकार नहीं हूँ हम सबकी कहानी लिखने वाला तो कोई और ही है, मैंने तो बस उसी कहानी की नकल भर ही की है। पेशे से अध्यापक हूँ ,अंग्रेज़ी पढ़ाता हूँ। सिनेमा और साहित्य में रुचि है जिसने पीएचडी करवा दी और नाम से पहले डाक्टर लगा लेने के काबिल बना दिया। पैदाइश और परवरिश भिवानी, हरियाणा में हुई और रोज़गार पिलानी, राजस्थान में होना तय हुआ। मेरी तो फिलहाल बस इतनी सी कहानी है बाकी की कहानियाँ आप खुद इस किताब में पढ़ लीजिएगा।"

डा. रवि कुमार

1

पुराना रोग

उस ऑटो वाले ने मुझे गली के मुहाने पर छोड़ा। "यही है" कहकर और भाड़ा लेकर वो चला गया और मैं वहीं खड़ा कंधे पर एक छोटा सा बैग टांगे उस गली को देखता रहा।ये गली इतनी तंग इतनी संकरी थी कि गली में दो पैदल चलने वाले भी बस आगे पीछे ही चल सकते थे क्योंकि एक साथ चलने में एक का कंधा जरूर दूसरे के कंधे से रगड़ खाये बगैर रह ही नहीं सकता था।इस वक़्त शाम और रात का फर्क तकरीबन मिट चुका था। मैंने जेब से मोबाइल फोन निकाल कर उसकी टार्च जला ली।उस टार्च की रोशनी में मैंने देखा कि गली के दोनों ओर की नालियों में अटकी पड़ी प्लास्टिक की थैलियों वजह से रुका एक नाली का गंदा पानी अपने हदों को लांघता हुआ दूसरी नाली की हदों में घुसने की जुर्रत कर रहा था और इस हिमाकत के चलते वो ना इधर का रहा ना उधर का।मैं हर कदम संभाल संभाल के रखता हुआ धीरे धीरे आगे सरकने लगा। यहाँ बसे गिनती के दो चार घरों के दरवाजों पर या तो ताले झूल रहे थे या फिर मनहूसियत।इतनी चुप्पी इतनी खामोशी को शांति कहना तो मुनासिब न होगा।मुझे कभी किसी मसान में या कब्रगाह में रात में जाने का कोई तजुर्बा नहीं था लेकिन यहाँ आकर मुझे उस तजुर्बे की कमी पूरी होती दिखी और इस अहसास से मेरे कदमों ने कुछ रफ्तार पकड़ ली। यहाँ आकर मुझे ऐसा लगा कि ये गली उस शहर का हिस्सा थी जो आगे बढ़ते जाने की खब्त में आँखें मीचे बस दौड़े जा रहा था और इस आपा धापी

में ये गली उस शहर से अपनी उंगली छुड़ा बैठी थी और यहाँ अकेली एक कोने में गुमनाम पड़ी तब से बस सुबके जा रही थी। किसी भी घर के बाहर न तो मकान नंबर या यहाँ रहने वाले का नाम नहीं लिखा था शायद यहाँ रहने वाले भी इस गुमनामी को अपना मुक़द्दर समझ अपना वजूद भुला बैठे थे। मैं ये सब सोचता हुआ चलता जा ही रहा था कि मेरे कदम अपने आप ही एक मकान के आगे आकर ठिठक गए क्योंकि इसके आगे ना तो मुझे जाना था और ना ही ये गली जाती थी। उस टार्च की रोशनी में मैंने देखा कि इस मकान के दरवाज़े पर एक लकड़ी की तख्ती टंगी थी जिस पर कब के धुंधला कर फीके पड़ चुके रंग में लिखा था शिवपाल दवाखाना- शिवपाल ये नाम पढ़ते ही मेरे बदन में एक ऐंठन सी हुई और इस नाम के नीचे दबे दबे रंग में लिखा था- पुराने से पुराने रोग का होम्योपैथी दवाइयों से जड़ से ख़त्म करने का गारंटी शुदा इलाज़। पुराने से पुराना रोग- सच में रोग तो काफी पुराना था।मैंने दरवाजे के नजदीक जाकर उसकी सांकल बजाई।एक बार, दो बार, तीन बार- बार बार मगर किसी ने दरवाजा नहीं खोला। मैं वहीं खड़ा रहा, फिर एक कोशिश दोबारा करने के लिए मैंने जैसे ही अपना हाथ आगे बढ़ाया दरवाजे की दहलीज़ के नजदीक लगा एक बल्ब अपनी थकी उदास मायूस सी पीली रोशनी के साथ जल उठा। मैंने टार्च बंद करके मोबाइल जेब में रखा और दरवाजे के दूसरी ओर किसी के चप्पल घसीट कर चलने की आवाज़ को सुनने लगा।दरवाजा खुला और बूटे वाली एक घिसी सी पीले रंग की साड़ी पहने काफी उम्र बीता चुकी एक औरत मेरे सामने खड़ी थी।अपनी आँखें पहले सिकोड़ कर फिर उन्हें फैला कर उस बल्ब की मरियल रोशनी से तालमेल बिठा कर उसने मुझे पहचानने की एक नाकामयाब कोशिश की।"कौन हो?किससे मिलना है?"ये बोलते हुए उसके होंठ गोलाई में सिकुड़े और उसकी ज़बान उसके आगे वाले कमज़ोर पड़ चुके दांतों से टकरा कर लड़खड़ा गई।"शिवपाल जी से मिलना है...." मेरे हाथ अपने आप ही नमस्कार करने के लिए एक बार जुड़े और फिर अलग हो गए। "डाक्टर साब...इस वक़्त किसी से नहीं मिलते...सुबह आना..."उसकी ज़बान फिर से लड़खड़ा गई। "मैं बहुत दूर से आया हूँ...सुबह नहीं मिल सकता...मैं बस थोड़ा सा वक़्त लूँगा...."मेरे चेहरे पर उमड़ी लकीरों में लिखी इल्तिज़ा

उसने पढ़ ली।"रुको एक मिनिट...मैं पूछती हूँ..."दो पल रुक कर मुझे ध्यान से देखकर और ये कह कर वो चप्पल घसीटती हुई अंदर चली गई।मैं वहीं खड़ा खड़ा उस तख्ती को बार बार पढ़ता रहा।"अंदर आ जाओ...."ये कहने के लिए वो फिर से अपनी चप्पलें घसीटते हुए दरवाजे तक आई और मैं चेहरे पर एक मुस्कान लेकर बिना बोले शुक्रिया अदा करके अंदर दाखिल हो गया।"सामने वहाँ बैठ जाओ...." दरवाजा बंद करके सामने एक जर्जर से बरामदे में एक कमरे के साथ बीछे लकड़ी के बैंच की ओर इशारा करती हुई वो बोली।मैंने वैसा ही किया। उस बरामदे में भी आज कल की सफ़ेद एल॰ई॰डी॰ लाइटों से मुक़ाबले में कब से अपनी हार माना हुआ एक शर्मिंदा सा, थका सा, खुद पर यकीन खो चुका पीली रोशनी वाला बल्ब जल रहा था।मैंने वहाँ बैठे बैठे जहां भी अपनी नज़रें दौड़ाई उस कम रोशनी में भी मुझे हर कोने में हर दीवार पर मकड़ी के जालों की तरह गुरबत लटकती हुई चिपकी हुई नज़र आई और वो औरत मुझे यहाँ बैठने की हिदायत देकर भाप की तरह जाने कहाँ गायब हो गई।"अंदर आ जाओ...."साथ वाले कमरे से कुर्सी के खिसकने के साथ साथ के एक खरखरी सी भरभराई सी आवाज़ आई।मैं कमरे में दाखिल हुआ। उस छोटे से कमरे में एक दीवार से सटी दो पुरानी लकड़ी की अलमारियाँ रखी थी जिनमे छोटी बड़ी ना जाने कितने किस्म की काँच की शीशियाँ सलीके से पड़ी थी और इन दो अलमारियों के दरमियान कुछ कुछ खुला कुछ कुछ बंद सा दरवाजा भी था जो शायद इस कमरे को दूसरे कमरों से जोड़ता था और इन्हीं अलमारियों से थोड़ा सा आगे एक मेज़ रखा था जिस पर कुछ किताबें एक कलेंडर और एक टॉर्च रखी थी।मेज के दाहिने ओर एक लकड़ी का चोकोर स्टूल रखा था और मेज के दूसरी ओर एक पुरानी सी लकड़ी की कुर्सी पर एक मोटा सा काले फ्रेम का पुराने जमाने का चश्मा पहने एक बुज़ुर्ग बैठे थे और ठीक उनके सर के कुछ फुट ऊपर एक तार से लटका हुआ बल्ब अपनी रोशनी से उनकी गंजी खोपड़ी को चमका रहा था।"आ जाओ....यहाँ बैठ जाओ...." उनका इशारा उस स्टूल की ओर था। मैं चुप चाप वहाँ जा कर बैठ गया। यहाँ से मैं उनके चेहरे को साफ साफ देख पा रहा था।ठुड्डी के नीचे दोहरी हुई खाल,झुर्रियों की सलवटें,लंबे होकर लटके हुए कान के नीचले हिस्से,सफ़ेद भंवे,नथुनों

से झाँकते सफेद बाल और आज सुबह ही खींच कर बनवाई गई हजामत से लाल हुए पिलपिले गाल। इस चेहरे का हर नक्श बड़ी ईमानदारी से उनकी उम्र का हलफिया बयान दे रहा था और कुल मिला कर पूरा चेहरा मोहरा देखा देखा सा अपना सा जान पड़ रहा था।"बोलो क्या तकलीफ़ है?" मेरी तरफ देखते हुए उनके बोलते ही उनके ऊपर के अगले दो दांतों के गिर जाने से या निकलवा दिये जाने से बन गए रास्ते से होती हुई एक गुनगुनी हवा हल्के से मेरे चेहरे से जा टकराई।कुछ तकलीफ़ें ऐसी होती हैं जिनके बयान के लिए लाख सर पटक लेने के बावजूद इंसान बोली जाने वाली अपनी इतनी सारी जुबानों में कहीं कोई अल्फ़ाज़ ईजाद कर नहीं पाया। चूंकी मैं भी एक ऐसी तकलीफ़ लेकर यहाँ आया था इसलिए मैं बिना कुछ बोले बस उनके चेहरे को देखता रहा।उन्होने कुछ पल मेरे जवाब का इंतिज़ार किया और फिर बोले "देखो भाई अगर तुम मुझे अपनी तकलीफ़ बताओगे नहीं तो मैं तुम्हारा इलाज़ कैसे करूंगा?" "मैं शारदा का बेटा हूँ...." मैं अपने दिल में जो गुबार समेटकर आया था उसका बस इतना सा झोंका ही उन तक पहुंचा सका और उनके चेहरे से ये साफ झलक रहा था कि ये झोंका ही उन्हें झिंझोड़ देने के लिया काफी था।वो अपने भंवें सिकोड़े खामोशी से मेज पर बिछे दाग लगे सफ़ेद मेजपोश को ऐसे घूरते रहे जैसे शायद शारदा का नाम सुनते वो मेजपोश एक पर्दा बन गया था जिस पर उन्हें अपने माज़ी के मंज़र उभरते दिखने लगे थे।कैसे शारदा उनके पीछे पीछे सारा दिन उन्हे "शिब्बू भैया...शिब्बू भैया" कहती फिरती रहती और वो भी किस तरह अपने से तकरीबन दस साल छोटी लाइली बहन की हर ज़िद हर नादानी हर ख़ता को सर माथे पर रखते रहते। बस उसकी एक ख़ता उनसे गवारा ना हुई और जिसकी वजह से उन्होने शारदा से खून से भी गाढ़ा हर नाता तोड़ लिया।उस बेचारी का बस इतना ही कसूर था की उसने अपना घर अपनी मर्ज़ी से उस पूरनसिंह के साथ बसा लिया था जो खुद तो पेशे से एक फोटोग्राफर था पर उसके बाप दादा गुजरे ज़माने में इसी समाज के बनाए हुए छिछले गंदे नालों की गंदगी साफ करने के लिये उसमे हर रोज़ उतरा करते थे।शादी के बाद न जाने कितनी बार शारदा ने उन्हें मनाने की कोशिश की लेकिन शिवपाल नहीं माने तो नहीं माने।बस अपने चहेते भाई से

रिश्ता टूट जाने की ख़राश शारदा के मन का ज़ख्म बन कर उसे सालती रही और जैसे ही ये ज़ख्म ज़रा सा सूखने लगता कोई वार त्योहार उस ज़ख्म की पपड़ी खरोंच कर फिर से उसे ताज़ा कर जाता।"कैसी है वो?" उन्होने मेज़ से नज़रें हटा के मेरी ओर देखते हुए हकलाते हुए पूछा।"क्या फ़र्क पड़ता है....मैं तो यहाँ तक ये पहुंचाने आया था..."ये कहकर मैंने अपने बैग से जिसे कंधे से उतार कर मैं फर्श पर रख चुका था एक रंगीन धागे से बंधा बंडल निकाल कर उनके सामने मेज़ पर रख दिया।उन्होने कांपते हाथों से वो धागा खोला तो ना जाने कितने बंद लिफ़ाफ़े मेज़ पर बिखर गए और हर लिफ़ाफ़े पर उनका नाम और यहाँ का पता लिखा था।इन लिफ़ाफ़ों को कभी डाक में नहीं डाला गया था और छूने से ये भी पता चलता था कि इन लिफ़ाफ़ों में खत के अलावा और भी कुछ था।"मम्मी ने या पापा मुझे आपके बारे में कभी कुछ नहीं बताया....ये तो जब हमने घर शिफ्ट किया तो पुराने सामान से ये सब निकला....मैंने एक लिफ़ाफ़ा खोल कर देखा तो और मैंने मम्मी से पूछा तब मुझे पता चला कि आप भी हो...."मेरी बातें सुनकर उनके चेहरे पर पछतावे दुख और अफ़सोस की एक मिली जुली झलक साफ तौर पर उभर आई और मैं यही देखने के लिए मम्मी पापा को बिना बताए यहाँ तक आया था।वो अब यूंही हर लिफ़ाफ़े को उलट पलट कर देखते रहे और मैं उनके उन आँसुओं को जो उनके चश्मे के मोटे फ्रेम के नीचे से लुढ़कते हुए उनके गालों से होते हुए उनकी ठुड्डी पर लटकने लगे थे। मैं उनको वैसे बैठे छोड़ कर उठा और अपना बैग उठा कर कमरे के दरवाजे की ओर बढ़ा तो "सुनो...रुको जरा..." की आवाज़ ने मेरे कदम थाम लिए।मैंने पलट कर देखा तो वो कुर्सी से उठकर उन दो में से एक अलमारी की ओर बढ़े और उसे खोलकर झुकते हुए सबसे निचले खाने में कुछ टटोल रहे थे।फिर वो सीधे हुए और एक वैसा ही बंडल हाथ में पकड़े मेरे नजदीक आकर खड़े हो गए और वो बंडल हाथ मेरे हाथ में थमाते हुए एक गीली आवाज़ में बोले "उसे दे देना...ये उसी के लिए है...और उससे कहना कि वो मुझे कभी माफ़ ना करे..." ये कहकर वो पलटे और वापस उसी कुर्सी पर जा बैठे और एक एक करके उन लिफ़ाफ़ों को खोलकर उनमे से ख़त निकाल कर पढ़ते रहे और मैं अवाक सा हुआ उन्हे ऐसा करते हुए कुछ पल को देखता

रहा और फिर उस बंडल को अपने बैग में डालकर वहाँ से निकल गया।

2

मलबे का ढेर

एक अजीब सी जद्दो जहद लगी थी उसकी नज़रों और उसके ज़हन के बीच। ज़हन बार बार अपनी पुरानी गठरी टटोल टटोल एक घर के नक्श निकाल लाता और अपनी दलील सही साबित करने के लिए सबूत के तौर पर पेश करता जिसे नज़रें सिरे से खारिज कर देती। वो तो अपनी फितरत के मुताबिक सिर्फ उस पर यकीन कर रही थी जिन्हें वो सामने देख रही थी- ज़मीन का एक चौरस टुकड़ा और उस पर जहां तहां बिखरा मलबे का ढेर।लेकिन ज़हन तो अपने अंदर वो भी समेटे था जिसे देख पाना नज़रों के बस की बात नहीं थी। काफी देर तक दोनों के बीच ऐसे ही ठनी रही, आखिरकार ज़हन की एक आखिरी इल्तिजा मान कर नज़रों ने पलकों का पर्दा नीचे गिराकर, बाहर की बजाए अंदर देखना शुरू किया। ऐसा करते ही उस मलबे में यहाँ वहाँ लुढ़की पड़ी ईंटों ने सलीके से कायदे से जुड़ना शुरू कर दिया और मिलकर वो ख्याली मंज़र पेश करने शुरू दिये जो कभी एक हक़ीक़त थे, एक घर के यहाँ होने के पुख्ता सबूत थे।वो चारदीवारी जिस पर कोहनियों के बल लटककर बाहर की ओर झाँकते गहरे लाल और हल्के पीले रंग के बोगन के फूल, ये चारदीवारी अपने दायरे में एक ऐसी दुनिया समेटे थी जो बाहर की दुनिया के बिलकुल उलट महफ़ूजगी का भरोसा दिलाती थी। वो कमरे जो एक अपना वजूद रखते थे और उन कमरों की एक अलहदा सी महक उन कमरों में रहने वालों की शख्सियत का पता देती थी। उसके दादाजी का कमरा जिसमे

पानी की सुराही,एक मेज़ ,एक आराम कुर्सी और एक पलंग के अलावा एक किताबों का हिमालय था। इसी हिमालय की तलहटी में उसके दादाजी का सारा वक़्त गुज़रता था और उसे भी इस हिमालय से निकल बहती नदी में खुद को भिगोने का मौका अक्सर मिल जाता।इन किताबों में जो किताब जितनी पुरानी होती जाती, उसके ज़र्द पड़ चुके पन्नों की महक और भी बढ़ती जाती और यहाँ आने वाली नई किताबों को अपनी बुजुर्ग शख्सियत की अहमियत का एहसास दिलाती और यही महक उस कमरे की पहचान थी जिसमे बगल वाले बड़े कमरे से आने वाली शाम के वक़्त दादी की जलायी गई गुग्गुल धूप की महक उतने ही आराम से घुल जाती जितने आराम से वो एक दूसरे की ज़िंदगी में घुले हुए थे और फिर माँ पिताजी के कमरे से आने वाली पिताजी के इत्र और माँ की अपनी महक,दोनों मिलके उनकी गैर मौजूदगी में भी उसे उस डर से बचाए रखती जो डर हर बच्चे का डर होता है।इसके अलावा रसोई घर में हिंग जीरे में तिड़कटी दाल की महक,गुसलखाने से उठती अभी अभी इस्तेमाल किए गए साबुन की महक,आँगन में बनी क्यारिओं लगी तुलसी और मरुए की महक-सब महकों से मिलकर बना था ये घर। यादों के इस गाढ़ेपन का भार उठा पाना नाज़ुक नज़रों के बस का कहाँ था लिहाजा उसने घबरा के पलकों का पर्दा हटा दिया और ऐसा होते ही ईंटे सब सलीकों तमीजों का सबक भूल गई, घर गायब हो गया, वो महकें चार दीवारी का बंध तोड़ न जाने कहाँ चली गईं और वो भी उन महकों को तलाशता कहीं और चल दिया और पीछे फिर से वही रह गया- ज़मीन का एक चौरस टुकड़ा और मलबे का ढेर।

3

सुबह की नींद

"अल्का ! ओ अल्का...! अब उठ भी जा..."

"उठती हूँ...."

"अरे....उठती हूँ मतलब क्या?....."

"उठती हूँ मतलब उठती हूँ....."

"पिछले आधे घंटे से तू यही बोल रही....चल चल खड़ी हो....टाइम देखा जरा...."

"मम्मी आप जाओ यहाँ से....परेशान मत करो...."

"मैं परेशान कर रही हूँ....ठीक है पड़ी रह...."

ये कहकर माँ बड़ बड़ करती सीधे रसोई में गई और नाश्ते में पराँठों के लिए मूलियाँ कद्दूकस पे रगड़ने लगी। " मुझ पर ज़ोर नहीं चला तो इन बेचारी मूलियों पर गुस्सा निकाल रही हो...लाओ मुझे करने दो...." अल्का ने रसोई में घुसते हुए और अपनी माँ के हाथ से मूलियाँ लेते हुए कहा। "अल्का अब तो सुधर जा..."माँ ने मूलियों का कब्जा छोड़ बड़े वाले ड्रम से आटा निकालते हुए कहा। "सुधर जा मतलब क्या?...मैं कौन सा पापा की तरह गुटका चबाती रहती हूँ...."अल्का ने एक और मूली रगड़ते हुए कहा। "टाइम से उठ जाया कर....कितने सालों से समझा रही हूँ...."माँ आटा एक परात में छानते हुए बोली। "आपको मेरे सोने से दिक्कत क्या है?...." अल्का रगड़ी हुई मूलियों को एक बारीक कपड़े में पोटली की तरह बांधती हुए बोली। "दिक्कत नहीं है...मैं तो

बस समझाती आ रही हूँ तुझे...” माँ ने परात में छने हुए आटे में एक लोटे से पानी मिलाते हुए कहा। “तो नहीं समझी ना मैं...अब तो बख्श दो....” अल्का उस मूली वाली पोटली को दबा के उसमे से सिंक में पानी निचोड़ते हुए बोली। “बख्श दूँ?....मैं तुझे कौन से कोड़े मारती हूँ....”माँ आटा गुँधते गुँधते बोली। “सर्दियों में किसी सोते को जगाना, उसका कंबल रज़ाई खींच लेना कोड़े मारने से कम है क्या?....” अल्का पोटली से रगड़ी हुई मूली एक बड़े से डोंगे में डालती हुई कह रही थी। “हाय ! मैंने कब तेरी रज़ाई खींची....?” माँ के हाथ आटा गुँधते गुँधते एक बार को रुक गए “क्यूँ जब मैं स्कूल में थी...तब आप कैसे रज़ाई खींच कर मुझे उठाते थे और स्कूल में ही क्यूँ बाद में जब मैं कॉलेज जाने लगी तब भी आप यही करते थे....सर्दियों में रज़ाई खींच लेते थे....गर्मियों में पंखा कूलर बंद कर देते थे...” अल्का रगड़ी हुई मूली में बारीक बारीक धनिया काट के डालती हुई बोली। “ये तो मैं तेरे भले करती थी....”माँ ने लोटे से थोड़ा सा पानी अपने चुल्लू में लिया गूँथे हुए आटे पर छिड़कते हुए बोली।“रहने दो आप......जब स्कूल जाती थी तो रोज़ सुबह आप ये बोलती थी.....स्कूल बस निकल जाएगी.....कॉलेज जाने लगी तो ये कहकर उठा देती थी कि....पहला पीरियड छूट जाएगा....नौकरी करने लगी तो आप ने ये कहना शुरू कर दिया देरी हो गई तो बॉस डाँटेगा....और जब कुछ न रहा तो आपको एक नई बात सूझी....ससुराल जाके भी ऐसे करेगी क्या?....वहाँ भी पड़ी रहेगी?....तो कौन सा भला हो गया मेरा ??....” धनिया काट लेने के बाद रगड़ी हुई मूली में बारीक बारीक अदरक और हरी मिर्च काटते हुए अल्का बोले जा रही थी। “क्यूँ कोई भला नहीं हुआ तेरा?...अच्छा पढ़ लिख गई बढ़िया नौकरी लग गई? इतना अच्छा घर मिल गया और क्या चाहिए...?”माँ गूँथे हुए आटे से आटा लेकर उसका गोला बनाते हुए बोली। “सुबह की नींद चाहिए....मन करता है देर तक सोती रहूँ....पहले आप ने सोने नहीं दिया जब शादी हो गई तो घर के कामों ने और फिर मिन्नी हो गई तो उसने सुबह तो क्या रात को भी ढंग से सोने नहीं दिया....” “अरे...मिन्नी अभी तक सो रही है क्या?....तूने उठाया नहीं उसे अब तक??...”इससे पहले अल्का कुछ और कह पाती माँ ने आटे के गोले को बेल के, उसमें रगड़ी हुए मूली डाल के, उसका पेड़ा

बनाते हुए अल्का को टोक दिया। "मम्मी उसको तो सो लेने दो...."अल्का ने गैस चूल्हा जला के उसपे तवा रखते हुए कहा। "मुझे पता था ऐसा ही होगा....जैसी माँ वैसी बेटी...."माँ पेड़े को बेलती हुई बोल रही थी इस पर अल्का कुछ देर तक कुछ ना बोली फिर उसने घी वाले डब्बे से एक चम्मच घी निकाल कर तवे पर डालते हुए बोला "पर ये बात हम दोनों पर तो लागू नहीं होती...." "कौनसी बात?..."माँ ने बेले हुए आटे को तवे पर रखते हुए पूछा। "यही....जैसी माँ वैसी बेटी....मैं तो आप जैसी ना हूँ....अगर ऐसा होता मिन्नी आराम से सो ना रही होती...." अल्का ने तवे पर सिकते हुए परांठे पर घी लगाते हुए कहा। "कोई बात नहीं...एक बार उसे स्कूल भेजना शुरू तो कर...फिर देखती हूँ...."माँ ने अब आटे का दूसरा पेड़ा बनाते हुए कहा। "अभी तो आप ये देखो...ठीक सिक रहा है?" अल्का ने परांठा पलटते हुए कहा। "थोड़ा घी और लगा दे...करारा हो जाएगा...." माँ ने दूसरा पेड़ा बेलते हुए कहा। अल्का ने थोड़ा सा घी पराँठे पे लगाया और जरा सा और सेक बोला "अब ठीक है?" "हाँ...ठीक है... प्लेट उठा और ये पापा को दे आ...और साथ में एक कटोरी चम्मच और दही ले जा...." माँ ने दूसरा परांठा तवे पे रखते हुए कहा। "एक मिनिट रुक..."अल्का जैसे ही वो परांठा एक प्लेट में रख के रसोई से जाने लगी माँ ने रोक दिया और उस पराँठे का एक कौर तोड़ के मुंह में डाल के चखते हुए बोली "अल्का...नमक डाला था तूने?..." ये सुनते ही अल्का ने एक कौर तोड़ा पर वो जैसे ही उसे मुंह में डालने लगी "ब्रश किया तूने?" कहकर माँ ने उसका हाथ रोक लिया। "क्या है मम्मी?...खाऊँगी नहीं तो पता कैसे चलेगा कि नमक है या नहीं...रात को किया था ना ब्रश....कर लूँगी बाद में...." अल्का ने प्लेट रसोई की स्लैब पर रखते हुए कहा। "सुधर जा अल्का...सुधर जा...इसलिए कहती थी टाइम से उठा कर..."माँ कुढ़ते कुढ़ते रगड़ी हुए मूली में और तवे पे रखे पराँठे पर नमक डालती हुई बोली। "मम्मी हद करते हो आप...टाइम से उठने का पराँठे में नमक कम रहने का क्या लेना देना?..."अल्का खीजते हुए बोली "है लेना देना...जल्दी उठने से दिमाग ठिकाने रहता है...." "आप तो जल्दी उठते हो ना...आपका दिमाग तो ठिकाने है ना तो फिर आपने क्यूँ नहीं डाला पेड़े में नमक...."अल्का ने शिकायत के लहजे में कहा "तो मूली तो तू

रगड़ रही थी ना...तो तुझे डालना था न नमक..." "मैंने धनिया ,अदरक मिर्च डाले ना...एक नमक ही तो रहा गया था...वो आप डाल देते...." माँ की इस दलील पर अल्का ने अपनी सफाई देते हुए कहा "है भगवान !...अपनी गलती नहीं मान रही...."माँ ने सिर दायें बाएँ हिलाते हुए कहा "तो क्या गलती मान लेने से नमक पूरा हो जाएगा?...." अल्का ने अब अपनी एक दलील दे डाली "इतनी बहस कर रही है...कैसे निभती होगी तेरी वहाँ?...."माँ की आवाज़ में फिक्र झलक उठी "बढ़िया निभती है...वहाँ कोई ना मेरी रज़ाई खींच के उठाता...."अल्का के लहज़े में शरारत थी "तो फिर क्यूँ आती है यहाँ? वहीं रहा कर.....रज़ाई मुंह तक तान कर सोया कर...." माँ की ये बात सुनकर अल्का कुछ देर तक तो वहीं खड़ी रही और फिर बिना कुछ बोले वहाँ से चली गई और माँ अकेले रसोई में खड़ी पराँठे सेकती रही।काम खत्म करके थोड़ी देर बाद माँ फिर से अल्का के कमरे में आई तो देखा वो फिर से रज़ाई मुंह तक तान के बिस्तर पर पड़ी हुई है और तेज़ आवाज़ में बोली रही "ये क्या फिर सो गई?..." "सो नहीं रही हूँ..."अल्का रज़ाई के अंदर से बोली "तो फिर क्यूँ पड़ी है...उठ ब्रश कर नहा धो...मिन्नी को भी उठा...." माँ ने रज़ाई झिंझोड़ते हुए कहा "नहीं उठना मुझे....ना ही मिन्नी को उठाना है..." अल्का ने फिर से रज़ाई के अंदर से बोला पर इस बार उसकी आवाज़ माँ को कुछ रुआंसी सी लगी। ये सुनकर माँ उसी बिस्तर पर बैठ गई और उसने हौले से अल्का के मुंह से रज़ाई हटाई तो देखा कि अल्का की आँखें डबडबाई हुई सी थी। "क्या हुआ?" माँ ने बड़ी नर्मी से पूछा। "आपको पता है? मैं वहाँ सबसे पहले उठती हूँ...सबके लिए नाश्ता, दोपहर का खाना बनाके....तैयार होके फिर जॉब पे जाती हूँ......." ये कहती कहती अल्का कुछ देर चुप हुई और फिर बोलने लगी "यहाँ आती हूँ तो सुकून मिलता है....ये कमरा, ये बिस्तर, ये दीवारें, ये छत ये सब नहीं वहाँ...इनके बगैर नहीं सो पाती देर तक.... उठ जाती हूँ टाइम से....अब खुश?...." ये सुनकर माँ कुछ नहीं बोली और कई देर तक वहीं बैठी रही और फिर बोली "पता है मैं रोज़ सुबह इस कमरे में आती हूँ और कुछ देर यहाँ खड़ी रह कर वापस चली जाती हूँ" इतना कहकर वो चुप हो गई माँ को चुप देख अल्का ने पूछा "क्यूँ वापस क्यूँ चली जाती हो?" "तो क्या करूँ...तू तो होती नहीं फिर रज़ाई किसकी

खिंचू?..." माँ ने बड़े लाड़ से अल्का के सर पर हाथ फेरते हुए कहा और अल्का रज़ाई में पड़ी पड़ी माँ को देखती रही और उस हाथ की छुअन की नर्मी को अंदर तक महसूस करती रही।

4

शांति पाठ

“सब तैयार हो गया ?” नंदकिशोर ने कमरे से बाहर खड़े हो अंदर झाँकते हुए बोला। “अंदर आके देख लो....”सरोज ने तख्तपोश पर बिछी चद्दर को झाड़न से झाड़ते हुए कहा। ये सुनकर नंदकिशोर ने चप्पल बाहर उतारी और अंदर दाखिल हो गया। “हूँ....हूँ ” नंदकिशोर बारीकी से कमरे में नज़रें दौड़ते हुए बुदबुदा रहा था।“लाइट बड़ी वाली जला दो ना...”ये सुनकर सरोज ने स्विच बोर्ड पर लगा एक बटन दबा दिया और कमरे की ट्यूब लाइट फफक फफक के जल उठी। “अब सही है.....रोहित नहा लिया ?” “पता नहीं जब मैं यहाँ आई थी तो कंधे पे तौलिया धरे खड़ा तो था...” सरोज ने तख्तपोश के नजदीक रखी एक छोटी सी मेज़ पर प्रभूदयाल की तस्वीर को उसी झाड़न से झाड़ते हुए नंदकिशोर की बात का जवाब दिया। “आराम से आराम से...झाड़ो मत बस पौंछ दो....” “तुम जाओ...बाकी का काम देखो....” नंदकिशोर का इस तरह से टोका टाकी करना सरोज को गवारा ना हुआ। “वो तो ठीक है... अच्छा... वो क्या कह रहा था मैं....हाँ जीजी ने कुछ लिया क्या?” नंदकिशोर ने कमरे का एक बार फिर से मुआइना करते हुए कहा।“चाय बना के देके तो आई थी....” सरोज ने प्रभूदयाल की तस्वीर को बड़े आराम से पौंछते हुए कहा। “कुछ खाने को नहीं दिया?....”नंदकिशोर की आवाज़ में थोड़ी तल्खी थी।“मना कर रही थी कुछ खाने के लिए.....जबर्दस्ती दो रस देके आई हूँ....” “एक पराँठा बना देती....रस से क्या होगा....समझाया नहीं तुमने?.... ” “तुम

समझा लो....बहन तो तुम्हारी है...." नंदकिशोर की आवाज़ की तल्खी अब सरोज के लहज़े में उतर आई।नंदकिशोर ने कुछ और बोलने की बजाए चुप रहकर कमरे का मुआइना करना बेहतर समझा।सब ठीक था।फर्श पर दरी बिछी थी,जिस पर चार पाँच लोग बड़े आराम से बैठ सकते थे,तख्तपोश को दीवार से सटा के लगा रखा था,उसके बगल में रखी एक छोटी सी मेज़ पर एक स्टील की थाली,कुछ गेंदे के फूल,एक धूप की डिब्बी,माचिस और प्रभूद्याल की तस्वीर रखे थे। "रेहल कहाँ है?..." "क्या?..." "रेहल....रेहल" नंदकिशोर ने झल्लाते हुए कहा। "क्या रेहल रेहल बोल रहे हो...क्या होता है ये ....?" नंदकिशोर को झल्लाते देख सरोज भी खीज उठी।"तुम्हें रेहल नहीं पता?" सरोज नंदकिशोर के अंदाज़ से वाकिफ थी इसलिए नंदकिशोर के इस तंज़ से जो उसने हैरानी में लपेट मारा था , वो तिलमिला गई और बिना कुछ बोले हाथ में लिया हुआ झाड़न वहीं पटकते हुए कमरे से बाहर चली गई।नंदकिशोर सरोज के इस रवैये से सकपका गया और झाड़न उठा के उसके पीछे पीछे कमरे से बाहर निकल आया।कमरे से बाहर निकलते ही उसे रोहित तौलिया कंधे पे टांगे आँगन में टहलता अपने मोबाइल पर बात करता दिखाई दिया। "तू नहाया नहीं अब तक....?" सरोज पर आया गुस्सा नंदकिशोर ने रोहित पर निकाल दिया।रोहित ने एक बार को कुछ ना कहा बस आंखें सिकोड़ के नंदकिशोर को चुप रहना का इशारा करते हुए फोन पे बात करता रहा। "हद है..." नंदकिशोर गुस्से में सिर हिलाता बड़बड़ाता अंदर कमरे में दाखिल हो गया।"जीजी आपने कुछ खाया नहीं?..." फर्श पर बिछी दरी पर बैठी अपनी बड़ी बहन बिमलेश से सरोज और रोहित के बर्ताव से सकपकाया सा, वरक़ा वरक़ा हुए सब्र के पाठों की किताब पर नर्मी की कच्ची जिल्द चढ़ाते हुए नंदकिशोर बोला। "हैं?...." कहीं और खोई उसकी बहन ने उसकी ओर देखते हुए कहा। "कुछ खाया क्यूँ नहीं आपने?..." अपने बहन के बगल में फर्श पर बैठते हुए नंदकिशोर ने वही सवाल थोड़ा सा दूसरे तरीके से दोहराया। "खाया ना...सरोज ने चाय बना की दी थी उसमें डूबो डूबो के दो रस खाये थे...." "रस से क्या होता है...एक पराँठा बनवा लेती..." "मन नहीं है...." "मन छोड़ो अभी दो घंटे बैठना पड़ेगा पाठ में....ऐसे ही बैठोगी क्या?...." "देख लूँगी बाद

में...." " मम्मी मेरे फोन का चार्जर देखा क्या आपने?...." भाई बहन के बीच होती इन बातों के सिलसिले को रोहित के इस सवाल ने बीच में ही तोड़ दिया। "तेरी मामी से पूछ ले...." "तू नहाया क्यूँ नहीं अभी तक?...." रोहित को देखते ही नंदकिशोर ने फिर वही सवाल दोहरा दिया। "जा रहा हूँ...." "फोन पे गप्पे मारना जरूरी है या नहाना.....टाइम देख पंडित जी आने ही वाले हैं और तू अभी तक तैयार नहीं हुआ...." "गप्पे नहीं मार रहा था....अर्जेंट काल थी...कंपनी से आई थी...." "तूने बताया नहीं कंपनी में अपनी?...." "बता रखा है तभी तो घर हूँ...." "फिर भी तेरी कंपनी वाले नहीं समझते...." "सब समझते हैं...कोई जरूरी बात थी इसलिए काल किया था...." "अच्छा अब जा तू...नहा ले जल्दी से तैयार हो जा...पंडित जी आने वाले हैं..." "मम्मी चार्जर कहाँ है..." "बताया ना बेटा...मामी से पूछ" "ओ हाँ सॉरी....तो मामी कहाँ हैं?...." "मामा से पूछ...." "मामी कहाँ है?" "पता नहीं..."नंदकिशोर अपने चेहरे पर उभर आई खिसियाहट को छुपा न सका।"दिस इस ठू मच...यार..." ये कहकर रोहित पैर पटकता बाहर गुसलखाने की ओर चला गया। "क्या हुआ...कुछ बात हुई है क्या सरोज से?..." "कुछ नहीं जीजी....बस मैंने ये कह दिया तुझे रेहल नहीं पता...बस इसी बात पे चिढ़ गई...." "क्या कहा तूने क्या नहीं पता?...." "रेहल जीजी....रेहल...." "रेहल?.... ये क्या होता है?....." "आपको भी नहीं पता...?"अवाक से नंदकिशोर ने अपनी जीजी घूरते हुए कहा।"नहीं पता भई मुझे तो....तू बता ...." "अरे वो लकड़ी की एक फ़ोल्ड हो जाने वाली तख्ती नहीं होती जिस पर मंदिरों में ग्रंथ खुले रखे रहते हैं वो...." "अच्छा वो...उसको रेहल बोलते हैं....हम तो उसे फोल्डिंग फट्टी कहते हैं....." जब बिमलेश के सामने नंदकिशोर रेहल का मतलब बयां कर रहा था तब उसकी नज़र दरवाज़े की दहलीज़ पर खड़ी उनकी बातों को ध्यान से सुन रही सरोज की ओर गई। उस की आँखों में शरारत और चेहरे एक अजीब सी तस्सली थी जिसे देखकर नंदकिशोर बुरी तरह से झेंप गया। "वो पंडित जी आ गए..."मुस्कान से टेढ़े होते होंठों को दांतों से काबू करते हुए सरोज ने कहा। "अच्छा आ गए...." ये बोलते हुए नंदकिशोर जिस फुर्ती से उठा उसी फुर्ती से कमरे से बाहर चला गया।उसने बाहर आकर देखा तो पंडित लीलाधर

अपने कंधे पर एक भगवा रंग का खद्दर का थैला टांगे खड़े थे। "आईए आईए पंडितजी...." नंदकिशोर ने पंडित लीलाधर के पैर छूते हुए कहा। "लाइये ये मुझे दीजिये..." नंदकिशोर ने जैसे ही पंडित लीलाधर से थैला लेना चाहा "ये रहने दो आप रिक्शा का किराया दे दो...."ये कहकर पंडित लीलाधर वहीं खड़े रहे और नंदकिशोर बाहर चला गया। "आईए आईए पंडितजी....इस तरफ" रिक्शा का किराया चुकता करने के बाद नंदकिशोर पंडित लीलाधर को उस कमरे में ले गया जहां पंडित लीलाधर ने अपना काम करना था।"आप बैठिए मैं बाकी सब को बुलाता हूँ..." पंडित लीलाधर को कमरे में बीचे तख्तपोश पर बैठाकर नंदकिशोर कमरे से बाहर चला गया। "चलो चलो जीजी.....पंडितजी बैठ गए हैं हम लोग भी अब चलते हैं.....सरोज तुम पंडित जी के लिए जल ले आओ...." नंदकिशोर ने हड़बड़ी मचाते हुए कहा ये सुनकर बिमलेश उठ खड़ी हुई और कमरे से बाहर चली गई। "क्या ले आऊँ जल....?"सरोज ने एक शरीर अंदाज़ में कहा। "हाँ हाँ...वो तो पता है ना क्या होता हैं?...." नंदकिशोर ने खिसियाते हुए कहा। "नहीं...नहीं पता...आप ही बता दो संत नंदेश्वर क्या होता है वो?...." सरोज ने तंज़ शरारत में लपेट कर नंदकिशोर को मारते हुए बोला। "क्या सरोज....ये क्या मज़ाक का वक़्त है....पानी ले आओ पंडितजी के लिए...." नंदकिशोर ने तकरीबन गिड़गिड़ाते हुए कहा। "हाँ तो ऐसे बोलो ना....ठीक है आप चलिये मैं आती हूँ...." ये सुनकर जैसे ही नंदकिशोर पलटने लगा "अच्छा सुनो....पानी मतलब जल किस पात्र में लाना है?गंडूक में या पानपत्रम में?....." सरोज के भंवे मटकाकर पूछे गए इस सवाल से नंदकिशोर बुरी तरह छटपटा गया और बिना कुछ कहे ही उस कमरे से बाहर दूसरे कमरे में चला गया।अंदर कमरे में बिमलेश फर्श पर बिछी दरी पर बैठी थी और तख्तपोश पर पंडित लीलाधर पालथी मारे बैठ धूप को मरोड़ी देकर उसकी लौ बना रहे थे। "पंडित जी सारा समान पूरा है ना?...कुछ और चाहिए तो बताओ....?" नंदकिशोर के ऐसा कहने पर पंडित लीलाधर ने एक बार कमरे में अपने आस पास रखी सब चीजों का मुआइना किया और पेट खुजाते हुए बोले "हूँ....ठीक है सब.... बस जल....."उनकी ये बात पूरी होने से पहले ही सरोज एक हाथ में कटोरी से ढंका हुआ लोटा और एक गिलास ले कर दाखिल हुई और उसे तख्तपोश

के नजदीक रखी मेज़ पर रखते हुए पंडित जी के पैर छू कर बिमलेश के नजदीक जा बैठी। पंडित लीलाधर ने धूप को प्रभूद्याल की तस्वीर के सामने रखा और अपने थैले में से एक मोटी सी किताब निकाली और कुछ तलाशते हुए इधर उधर देखने लगे ये देखकर नंदकिशोर तपाक से बोला "क्या रेहल चाहिए पंडित जी?" "अरे नहीं मैं तो वो फोल्डिंग फट्टी देख रहा था....." ये सुनकर सरोज की एक दबी दबी सी हंसी की आवाज़ आई और नंदकिशोर उसे घूरने लगा। "क्या....नहीं है क्या?.....कोई बात मैं ऐसे ही पाठ कर लूँगा...."ये कहकर पंडित लीलाधर ने वो किताब अपने सामने खोल के रख दी और फिर बोले "बस यही लोग हैं क्या?....बेटा नहीं आया?...." "आ रहा है....आ रहा है....वो स्नान....मतलब नहाने गया है...." नंदकिशोर ने फटाफट बोला। "हाँ वो आ जाए....धूप जलाले.... फिर शुरू कर देते हैं....." पंडित लीलाधर ने अपने कुर्ते की जेब से ऐनक निकाला उसे साफ किया और फिर बोले "वैसे ये आप जैसे गिने चुने लोग ही हैं जो अपने रीति रिवाजों का पूरा ध्यान रखते हैं....नहीं तो आजकल हर कोई चौथे पे ही फ़ारिक हो जाना चाहता है....और शांति पाठ तो....अब देखो ना मैं खुद दो साल बाद ये पाठ कर रहा हूँ....ये तो अपने नंद बाऊजी हैं जिनको अपनी रीतियों का पूरा ज्ञान है....." इससे आगे पंडित लीलाधर कुछ कह पाते नंदकिशोर मन ही मन अपने आप पर फ़क्र करते हुए लेकिन पंडित लीलाधर के सामने बड़ी सादादिली दिखाते हुए बोले "अरे नहीं नहीं पंडित जी....मैं भला कहाँ का ज्ञान रखता हूँ.... ज्ञानी तो आप हैं....ये तो मैं अपने जीजाजी को...."इतना कहकर वो सुबकने की कोशिश करने लगे "नन्द बाऊजी....धीरज रखो....ये तो विधि का विधान है....अब तो आप ही इस घर के बड़े हो..." "नहीं नहीं पंडित जी इनसे बड़ी तो हमारी जीजी है....."सरोज के बीच में टोकने पर नंदकिशोर ने उसे आँखें तरेर कर देखा और "अरे ये रोहित कहाँ रह गया?.....मैं देखकर आता हूँ....."बोलकर बात को बदलने की कोशिश की और कमरे से उठकर चला गया।बाहर आकर उन्होने देखा कि रोहित बाहर आँगन में कपड़े सुखाने वाली तार पर तौलिया,गीली बनियान और जाँघिया टांग रहा था।उसे देखते ही नंदकिशोर भड़क गया और तेज़ आवाज़ में बोला "सारे तेरा इंतिज़ार अंदर कमरे में कर रहे हैं तू खड़ा यहाँ कच्छे

बनियान सूखा रहा है...." "तो और कहाँ सुखाऊँ?....धूप तो यहीं आ रही है...."रोहित ने पलटकर जवाब देते हुए कहा। "अरे इस धूप को छोड़ अंदर कमरे में चल के धूप जला.... पंडित जी कब से लौ बनाके बैठे हैं...." नंदकिशोर ने किलसते हुए कहा। "ऐसे ही चलूँ?...." चड्डी बनियान में खड़े रोहित ने अपनी ओर इशारा करते हुए कहा। "अरे बेटा जल्दी से वही कुर्ता पजामा पहन कर आ जा जो तूने चौथे पे पहना था...." "पर वो तो मैंने मैले कपड़ों के साथ वॉशिंग मशीन में डाल दिया था....पता नहीं धुला भी है के नहीं?...." "तो दूसरा पहन ले...." "दूसरा नहीं है मेरे पास..." "तेरे पास दूसरा कुर्ता पजामा है ही नहीं?...." "नहीं...वैसे तो है रेड चूड़ीदार पजामी और क्रीम लोंग कुर्ता है....जो मम्मी पापा की एनिवर्सिरी पर पहना था....मम्मी को पता होगा कहाँ पड़ा है.....पूछूं?...." इस पर नंदकिशोर ने हाथ जोड़ते हुए कहा "मेरे भाई तू पैंट शर्ट ही पहन ले....पर ज़रा जल्दी कर......" ये कहकर नंदकिशोर दायें बाएँ सिर मारता वहाँ से चला गया और रोहित कपड़े पहनने।"आ रहा है रोहित...."नंदलाल ने कमरे में दाखिल होते ही कहा और दरी पर बैठ गया। फिर कुछ देर तक कमरे में चुप्पी छाई रही। पंडित जी गला खखारते हुए किताब के पन्ने उलट पलट कर देखते रहे,बिमलेश गुमसुम सी बैठी रही,सरोज दीवार के सहारे सिर टिकाकर छत ताकती रही और नंदकिशोर कभी उँगलियों के नाखून चबाता कभी मुड़ मुड़ के पीछे दरवाजे की ओर देखता तो कभी हाथ में बंधी घड़ी को। बीतते वक़्त के साथ उसकी बेचैनी बढ़ती जा रही थी और फिर जब उससे और सब्र ना हुआ तो वो "मैं एक बार देख के आता हूँ...कहाँ रह गया रोहित?....."कहकर कमरे से उठ बाहर चला गया। बाहर आकर अभी पायदान पर पड़ी अपनी चप्पलें पैरों में अटकाई ही थी कि रोहित आ गया। "बड़ी देर लगा दी कपड़े पहनने में...." "हाँ....शर्ट थोड़ी मुचड़ी हुई थी...प्रेस मार रहा था...." ये सुनकर नंदकिशोर के खून का दबाव एक बार तो सिर की तरफ बढ़ा पर उसने उस पर काबू पाते हुए उसे नीचे गिरा लिया और बिना कुछ बोले पैरों में अटकी चप्पलें वापस झड़क कर कमरे में दाखिल हो गया। "मामी मेरे फोन का चार्जर देखा आपने?" रोहित कमरे में घुसते ही बोला । "बेटा रोहित फोन चार्ज होता रहेगा तू पहले धूप जला ले....पंडित जी ये हमारा रोहित है....मेरा

भाँजा....बेटा प्रणाम कर पंडित जी को...."नन्द किशोर की आवाज़ में खिसियाहट सी झलक उठी। रोहित ने वहीं खड़े अपने हाथ जोड़े और बोला "मामी चार्जर...." "मैंने तो नहीं देखा..."सरोज कुछ सोचते हुए बोली।"तो कहाँ गया यार....?" रोहित झल्ला उठा। "अरे रोहित सुन बेटा... मिल जाएगा ढूंढ लेंगे....पहले पाठ कर ले...पंडित जी कब से बैठे हैं...." नंदकिशोर गुस्सा पीते हुए बोला।"मामा जी...सिर्फ टेन परसेंट बची है बैट्री...एक बार चार्जिंग पे लगा दूँ फोन...." "ओ हो क्या हो जाएगा फोन चार्ज नहीं हुआ तो?...पाठ जरूरी है या फोन?....."नंदकिशोर सब्र खो बैठा। "नन्द बाऊजी शांत...शांत....ये पाठ हम दिवंगत आत्मा की शांति के लिए कर रहे हैं....आप शांत हो जाईए...." पंडित लीलाधर ने बीच बचाव करते हुए कहा और फिर बोले "बेटा आप यहाँ आकर धूप जला ले...." ये सुनकर अनमना सा रोहित आगे बढ़ा और थाली से माचिस उठाकर धूप जला कर कमरे से जाने लगा तो "अब कहाँ जा रहा है?...." नंदकिशोर ने टोक दिया। "जला तो दी धूप...नाऊ वाट....?" "जीजी...." रोहित की बात का जवाब देने की बजाए नंदकिशोर ने बिमलेश की ओर देखते हुए कहा।"रोहित बैठ जा..." बिमलेश ने नर्मी से कहा। "क्या यार...." रोहित बड़बड़ाते हुए बोला उसके बैठते ही पंडित लीलाधर गला साफ करते हुए बोले "पाठ शुरू करने से पहले हम दिवंगत आत्मा की शांति के लिए शुद्ध चित्त से प्रार्थना करेंगे और उनकी एक सबसे अच्छी बात या कोई स्मृति सबके साथ सांझा करेंगे। अब दो मिनिट के लिए अपनी आँखें बंद करके उनके लिए मौन प्रार्थना करें....." ये सुनकर सब हाथ जोड़ कर आँखें बंद करके बैठ गए। "चलिये अब आप प्रभूदयाल जी के बारे में अपने विचार रखिए" सबके आँखें खोलते ही पंडित जी ने कहा और बिमलेश की तरफ देखकर बोले "बहन जी...आप से शुरू करें...." ये सुनकर बिमलेश ने अपनी आँखें झपकाई और दुपट्टा मुंह में दबाकर सुबकने लगी और उसके नजदीक बैठी सरोज उसका कंधा थपथपाने लगी।"कोई बात नहीं बहनजी रहने दो....नन्दबाऊ जी आप कुछ बोलिए..." पंडित जी ने नंदकिशोर के मुखातिब होकर कहा।ये सुनकिर एक ठंडी साँस लेते हुए नंदकिशोर बोला "अब मैं क्या कहूँ...जीजा जी ने मेरे लिए क्या नहीं किया...मैं और वो तो जैसे सुदामा और कृष्ण..."

"मामा...क्या वो दोनों भी जीजा साले थे फ्रेंड्स नहीं?...."रोहित हैरान होते हुए बोला। नंदकिशोर के दोनों हाथों की मुट्ठियाँ कसके और जाढ़ भिचके रह गईं और वो इतना ही बोला "मेरा मतलब मुझे जब भी किसी चीज़ की जरूरत पड़ती तो मैं बेझिझक उनके पास पहुँच जाता....वो मुझे कभी मना नहीं करते....वो बस इतना ही कहते....." "आ गया साला फिर कुछ माँगने...." रोहित के ऐसा कहते ही नंदकिशोर बुरी तरह से भड़क गया और दाँत पीसते हुए बोला "जीजी चुप करा लो इसको...." "हाँ जीजी चुप करा लो रोहित को नहीं तो सुदामा कंस बन जाएगा...."सरोज अचानक से बोल पड़ी और फिर नंदकिशोर की ओर देखती हुई अपने दोनों हाथों से कान पकड़ने लगी। ये देखकर रोहित की हंसी निकल गई। "रोहित बस..."बिमलेश ने बिगड़ते हालात को काबू करने की कोशिश की मगर "अरे मम्मी क्या पापा ऐसा बोलते नहीं थे जब भी मामा अपने घर आते थे....और फिर इनके जाते ही आप दोनों का झगड़ा भी होता था...."रोहित के ऐसा कहते ही नंदकिशोर रूआँसा सा हुआ बोला "सच जीजी....जीजाजी ऐसा बोलते थे मेरे बारे में...?" इससे पहले बिमलेश कुछ कह पाती पंडितजी बोल पड़े "नन्द बाऊजी....रोहित बेटा....शांत हो जाईए शांत हो जाईए....आप लोगों को इस तरह से बर्ताव करते देख प्रभूदयाल जी की आत्मा को कितना कष्ट पहुंचेगा....ज़रा उनके बारे में भी सोचिए..." "उनके बारे में ही सोच रहा हूँ.....वो मेरे बारे में ऐसा बोलते थे...आ गया साला....ये बोलते थे...."नंदकिशोर बड़ा ही गमगीन होकर बोला। "नंदबाऊजी वो ठीक ही कहते थे..." पंडित जी बड़ी नर्मी से बोले "क्या मतलब आपका...वो ठीक कहते थे...." "अब ये साला शब्द है ही ऐसा....आदमी ठीक भी बोले तो भी गलत लगता है....चलिये छोड़िए मैं ही उनके बारे में कुछ कहता हूँ.... अपने प्रभूदयाल जी थे बड़े नेक आदमी...सब का भला करते थे....कभी किसी से ऊंची आवाज़ में बात नहीं की होगी....बड़े ही मिलनसार....मुझसे जब भी मिलते थे हँस बोल के ही बात करते थे और मेरे ना ना कहते हुए भी कभी इकावन कभी सौ रुपए जरूर पकड़ा देते थे...." जब पंडित लीलाधर ने प्रभूदयाल का जिक्र छेड़ा तो एक बार को बिमलेश की आँखें भर आईं मगर जब उसने पंडित जी को ये कहते सुना ".....और कई बार मैं

जब शाम को चौपटे से गुजरता तो खुशी राम के ठेले से वो गोलगप्पे खाते दिखाये दे जाते और मुझ पर नज़र पड़ते ही जबर्दस्ती मेरा हाथ पकड़ मुझे कभी गोलगप्पे,कभी दही भल्ले और कभी आलू टिक्की जरूर खिलाते....बहुत बड़ा दिल था उनका.....शायद इसलिए ईश्वर ने उन्हे अपने पास बुला लिया....”तो वो तमतमा उठी और अनायस ही बोल पड़ी “गोलगप्पे खिलाने या टिक्की खिलाने?” इस पर नंदकिशोर बोल उठा “जीजी क्या बोल रही हो?...” “मैं कहती रह गई...मुझे ले चलो एक बार खुशी राम के पास....”ये कहकर बिमलेश रोने लगी। “जीजी...अपने आप को संभालो...”सरोज ने बिमलेश का कंधा थपथपाते हुए कहा और फिर बोली “वैसे मैंने भी सुना है टिक्की बड़ी चटपटी बनाता है खुशी राम और गोलगप्पे का पानी भी चार तरह का होता है उसका...” ये सुनकर बिमलेश और ज़ोर ज़ोर से रोने लगी।बिमलेश को और ज़ोर से रोता देख नन्द किशोर सरोज से बोला “तुम अपना मुँह बंद नहीं रख सकती....देखा और रुला दिया जीजी को.....” “ठीक तो कह रही हूँ पूछ लो पंडित जी से...सुनो आप भी ले चलो मुझे खुशी राम के पास...बाद में पता नहीं फिर...”ये सुनते ही बिमलेश ने सरोज को घूर देखा और बोली “सरोज ऐसी बातें मुँह से नहीं निकालते....” “जीजी नहीं है तमीज़ इसको बोलने की....” ये सुनकर सरोज तमक गई और नंदकिशोर पर फूट पड़ी “हाँ कहाँ से आए तमीज़ सारी की सारी तो आप समेट गए....मेरे लिए कुछ बचा ही नहीं....जब इतनी ही बेतमीज़ हूँ मैं तो क्यूँ सात फेरे ले लिए मेरे साथ?....” “उल्टे करवा लो मामी...आज तो पंडित जी भी यहीं हैं....”रोहित ने चुटकी लेते हुए कहा।“रोहित....”बिमलेश ने आँखें निकालते हुए कहा “और तुम ना थोड़ा सा मौका देख लिया करो कभी भी झगड़ने लगते हो....”बिमलेश के ऐसा कहते ही नंदकिशोर तपाक से सरोज की ओर इशारा करते हुए बोला “हमेशा इसी को लड़ने की पड़ी रहती है....मैं तो जितना हो सकता है लड़ाइयों से बचने की पूरी कोशिश करता हूँ...” “हाँ शांति का नोबल तो तुम्हें ही मिला हुआ है....मैं तो जैसे तोरा बोरा की पहाड़ियों से आई हूँ...रॉकेट लॉंचर से गोले तो बरसाती रहती हूँ....बारूदी सुरंगे बिछा रखी हैं ना मैंने जगह जगह....जिनसे तुम बचते फिरते हो और....” सरोज ने पलट कर जवाब देते हुए कहा। “सरोज

बहन जी...आप शांत हो जाइए...."पंडित जी ने मौके की नजाकत को समझते हुए कहा। "नहीं पंडित जी आप ही बताए मैंने क्या गलत कह दिया?....इतना ही बोला की मुझे भी खुशी राम के पास ले चलो...बाद में पता नहीं फिर आपको याद रहे ना रहे...."सरोज अपनी सफाई पेश करती हुई बोली।"ऐसा थोड़ी कहा तुमने....तुम तो ये बोली बाद में पता नहीं फिर...इसका क्या मतलब हुआ....बताओ?..."नंदकिशोर पूरी जिरह करने लगा। "तो मुझे बात पूरी करने कहाँ दी....जीजी ने बीच में ही रोक दिया..."सरोज ने अपनी दलील पेश की। "देखो तुम जीजी को कुछ मत कहो वो तो बेचारी पहले से ही....."नंदकिशोर की ये बात सुनकर बिमलेश सुबकने लगी "देखा देखा....फिर से रुला दिया ना जीजी को...." "अब मैंने रुलाया है...मैंने रुलाया है....ठीक है तुम्हारी बहन है करा लो चुप...."ये कहकर बड़बड़ करती सरोज उठकर कमरे से बाहर चली गई। "लो जी हो गया पाठ....खामख्वा सुबह सुबह नहलवा दिया....फोन भी चार्ज नहीं करने दिया...." रोहित की बात सुन नंदकिशोर आपा खो बैठा और बोला "तो जा यहाँ से, क्यों बैठा है?....ये पाठ क्या मैं अपने लिए करवा रहा हूँ?....जीजा जी की आत्मा को शांति मिल जाए..." इससे पहले वो कुछ और बोल पाता रोहित कहने लगा "रहने दो मामाजी....मिली पड़ी हैं उनकी आत्मा को शांति....मुश्किल से पीछा छूटा उनका आप से....अब जहां भी होंगे शांति से ही होंगे...." "क्या बकवास कर रहा है तू....जीजी चुप करा लो इसको..." ये कहते कहते नंदकिशोर का मुँह टेढ़ा हो गया। "रोहित...चुपकर बेटा..." बिमलेश के ऐसा कहते ही रोहित चुप होने की बजाए और ज़ोर ज़ोर से बोलने लगा "मम्मी...आप हमेशा ऐसा करती हो....ऐसे ही आप पापा को चुप करा देती थी..." "हाय मैंने कब तेरे पापा को चुप कराया...." बिमलेश तड़प के बोली "क्यूँ हमेशा तो ऐसे होता था...जब भी वो मामा के बारे में कुछ कहते थे...." "क्या कहते थे मेरे बारे में?" रोहित की बात को बीच में काटते हुए नंदकिशोर बोला "कुछ नहीं.... कुछ नहीं...ये तो ऐसे ही बोल रहा है....पंडित जी आप पाठ शुरू करें...."बिमलेश ने बात पलटते हुए कहा।"नहीं जीजी अब तो पहले आप बताओ....क्या कहते थे जीजा जी मेरे बारे में..."नंदकिशोर फड़फड़ा रहा था। "मम्मी क्या बताएगी मैं बता देता हूँ....."रोहित बीच

में बोल पड़ा। "रोहित चुप हो जा ना...." बिमलेश ने आवाज़ ऊंची करते हुए कहा। "नहीं जीजी बोलने दो इसको....हाँ तू बोल..." नंदकिशोर का चेहरा लाल हो गया।"रहने दो मामाजी..." रोहित ने बात टालते हुए कहा पर नंदकिशोर अब काबू से बाहर हो चला था और बोलता चला गया "अब क्या रहने दो...क्या रहने दो.......सुबह से कभी फोन पे लगा है...कभी कच्छे सूखा रहा है...कभी शर्ट प्रेस कर रहा है.... कब से खून जला रखा है मेरा..." ये सुनकर रोहित भी तैश में आ गया और बोलने लगा "मैंने खून जला रखा है आपका...मैंने....छोटा था तब से देखता आ रहा हूँ.... आए दिन आपकी वजह से घर में क्लेश होता था..." "रोहित भगवान के लिए चुप हो जा..." बिमलेश बीच बचाव करते हुए बोली "मम्मी क्या चुप हो जाऊँ....आप इनको चुप कराओ..." रोहित तेज़ आवाज़ में बोला "ऐसे बात करेगा अपनी माँ से...ऐसे बात करेगा..."नंदकिशोर की आँखें लाल हो गयीं। "भाई तू बस कर... बस अब मत बोल..."बिमलेश गिड़गिड़ाते हुए बोली। इससे पहले कोई भी कुछ और बोल पाता पंडित लीलाधर तख्तपोश से उतरे, किताब अपने झोले में डाली ऐनक जेब में झोला कंधे पे टांग कर खड़े हो गए।सब उनकी ओर देखने लगे "क्या हुआ पंडित जी?" नंदकिशोर उनके सामने हाथ जोड़ खड़ा हो गया। "नंद बाऊजी मैं चलता हूँ...." "पर पाठ तो अभी शुरू ही नहीं हुआ...."नंदकिशोर तकरीबन हाँफते हुए बोला। "नंद बाऊजी....मैं ये पाठ मरे हुए लोगों की आत्मा की शांति के लिये करता हूँ जीवित लोगो की शांति के लिए नहीं....पहले आप लोगों को अपनी आत्मा के लिए शांति पाठ की जरूरत है....वो आप किसी और ही करवाईए...मेरे बस का तो नहीं है......मुझे आज्ञा दिजीए...."ये कहकर पंडित लीलाधर कमरे से बाहर चले गए और तीनों नंदकिशोर,बिमलेश और रोहित चुपचाप खड़े एक दूसरे की ओर देख रहे थे कि कमरे में सरोज दाखिल हुई और आते ही बोली "क्या हो गया पाठ?..." ये सुनकर बिमलेश बिना कुछ कहे कमरे से बाहर चली गई,उसके पीछे पीछे नंदकिशोर और जैसे ही रोहित भी उनके पीछे जाने लगा "रोहित....ये लो " उसे चार्जर थमाते हुए सरोज ने कहा जिसे रोहित हाथ में लिए कमरे से निकल गया। कमरे में अकेली खड़ी सरोज ने चारों तरफ देखा,तख्तपोश पर बीछी चद्दर पर सिलवटें पड़ी हुई थी उसने

आगे बढ़ कर चद्दर के कोनों को खींचकर सलवटें निकाली,स्विच बोर्ड का बटन दबा कर ट्यूब लाइट बुझाके कमरे से बाहर चली गई और खाली कमरे में प्रभूदयाल की तस्वीर के आगे जलायी गई धूप धीरे धीरे सुलगती रही।

5

एग्ज़िट

गोविंद राम तकरीबन 30 साल बाद इस शहर में लौटा था। वो इस शहर से अंजान नहीं था लेकिन ये शहर उससे अंजान हो चुका था।गोविंद राम पूरे सफर में रेल के डब्बे में बैठा बैठा अपने ख्यालों से उलझता रहा। उसे ये डर था उसका वो शहर जिसे उसने एक लंबे अरसे पहले छोड़ा था, वहाँ है भी या नहीं। कहीं ऐसा तो नहीं कि और छोटे शहरों की तरह वो भी किसी बड़े शहर के पेट में चला गया हो। प्लेटफार्म पर पैर रखते ही उसको अपने डर सच होते हुए दिखाई देने लगे।इसी प्लेटफार्म से उसने वो गाड़ी पकड़ी थी जिसने उसे इस शहर से दूर बहुत दूर जा पटका था। उस रोज़ ये प्लेटफार्म ऐसा नहीं था जैसा कि अब था। हालांकि उसी रोज़ ये बेगाना हो गया था लेकिन इतने पराये पन से ये उस दिन भी पेश नहीं आया था जितना कि आज। उसने सोचा यहाँ से बाहर निकलने कि बजाए क्यूँ न अगली गाड़ी पकड़ के वो वापिस वहीं लौट जाए जहां से वो आया था।वो ये हरगिज नहीं चाहता था कि इस शहर से भी उसे ऐसा ही बर्ताव मिले। कुछ पल वो वहीं ठिठका रहा। एक नज़र भर शहर देख लेने कि हसरत कहीं उम्र भर का मलाल न बन जाए। बस वो इसी कशमकश में फंसा रहा फिर न जाने क्या सोचकर वो उस तरफ चल दिया जहां अँग्रेजी में EXIT लिखा हुआ था। EXIT-लाल रंग में छपा ये लफ़्ज़ एक अदद ऐसा निशान जो उसके लिए पराया नहीं था।जाने कितने घंटे,कितने दिन,कितने महीने,कितने साल इस लफ़्ज़ से रूबरू

होकर गोविंद राम ने उम्र का एक हिस्सा गुज़ारा था तो फिर परायापन कहाँ रहा। प्लेटफार्म के बाहर उस बड़े बरामदे में जहां टिकट खिड़कियाँ थी,कुछ लोग एक बंद खिड़की के सामने कतार बांधे खड़े थे और कुछ जहां तहां फर्श पर पसरे हुए थे। उस रोज़ भी तो ऐसा ही कुछ था। एक पल को उसे लगा क्या ये वही लोग थे जिनके लिए आजतक वो खिड़की नहीं खुली थी, क्या ये वही लोग थे जो उस गाड़ी के इंतज़ार में यहाँ पसरे थे जो उन्हे कभी कहीं भी ले जाने के लिए नहीं बनी थी।ठीक एक ऐसी ही कतार वो रोज़ देखता था,फर्क इतना था वो हमेशा कतार के दूसरी तरफ होता था और टिकिट खिड़की के उस छोटे से खाने में जिसमे एक वक़्त में एक ही हाथ समा सकता था वो कई कई ठूंसे हुये हाथों से मुचड़े होते नोट लेकर उन्हे टिकटें थमाया करता था और टिकिट दबोचते ही वो हाथ इस तरह गायब हो जाते जैसे किसी अजगर का सिर खरगोश दबोचकर जाने कहाँ गायब हो जाता है।जालिम वक़्त का अजगर भी उन दिनों को दबोच कर जाने किधर गायब हो गया। स्टेशन से बाहर निकल वो कुछ देर इधर उधर देखता रहा। उसे ऐसा लग रहा था जैसे के वो किसी फिल्म का ऐसा पुराना पोस्टर देख रहा है जो किसी दीवार पे न जाने कब से चिपका रह गया हो और जिसके कुछ हिस्से का रंग धूप और बारिश ने उड़ा दिया हो और उस पर बने किरदारों के चेहरे धुंधला गए हों ।वो क्या पहचान पाया क्या नहीं उसे खुद ही समझ में नहीं आ रहा था। उसे बस इतना पता था कि उसे यहाँ से बाईं ओर चलना है और वहाँ पहुँचना है जिसके लिए वो यहाँ तक इतने सालों बाद आया था। वो उस रास्ते पर धीरे धीरे चलता रहा अपने दायें बाएँ देखते हुए वो वो सब ढूंढने कि कोशिश करता रहा जिसे वो जानता हो। उसके कदम अपने आप ही आगे बढ़ते जा रहे थे। दिमाग भले ही रास्ते भूल जाए लेकिन कदम अपने बनाए निशां कभी नहीं भूलते। किसी दुकान पर लगे बोर्ड पर उसे ये लिखा हुआ दिखा "माल गोदाम रोड" हाँ यही तो था, यहीं की दीवारों पर तो उसे पहली दफा पोस्टर लगाने का काम मिला था-शायद "लैला मजनूँ" फिल्म थी। अब वो दीवारें तो नहीं थी पर वो पोस्टर अभी भी उसके ज़हन में चिपका हुआ था। ये शायद कृष्णा नगर का इलाका था, यहाँ की बुनावट अभी भी वही थी लेकिन बनावट बदल चुकी थी। यहाँ से आगे चल कर एक

चौक था जहां एक पुराना बरगद का पेड़ था इसलिए इस चौक का नाम बड़ चौक था। इस इलाके का ये सबसे रौनक वाला हिस्सा था। उस घने बरगद की छाया में कई ठेले रेहड़ियाँ लगती थी। कुछ दुकानें भी थी। दिन भर लोगों का यहाँ आना जाना होता था। सबसे बड़े वाले पोस्टर वो यहीं लगाता था, एक पुरानी बंद पड़ी हवेली की चार दीवारी पर। उन पोस्टरों पर वो खुद नीले रंग की कच्ची स्याही से लिखता था "देखिये चन्दन टाकीज़ में, रोजाना 4 शो" इसके अलावा जिस किस्म की फिल्म होती उसके बारे में भी वो कुछ लिखता देता जैसे "मार धाड़ से भरपूर" "गीत संगीत से रंगारंग" "हँसा हँसा के लोटपोट कर देने वाली" "दिल दहला देने वाली" "सच्ची घटनाओं पर आधारित" "एक पारिवारिक मनोरंजक चित्र" "भक्ति भाव और चमत्कारों से भरी" "जादुई दुनिया के हैरभरे कारनामें- सिर्फ चन्दन टाकीज़ में शर्तिया नए प्रिंट के साथ" और ये सब करने के बाद वो उन पोस्टरों को ऐसा देखता जैसे कोई कलाकार अपने शाहकार को देखा करता है।वो अब वहीं खड़ा था,लेकिन उसे अब वहाँ न तो कोई पेड़ दिखाई पड़ रहा था और न ही वो हवेली। अब यहाँ वो सब था जो आज कल के हर शहर में होता है जिसकी वजह से हर शहर ऐसा लगता है जैसे वो किसी कारखाने में बनाया गया सामान हो- ज़रूरत का लेकिन बेजान। उसका ये अंदेशा और गहराता जा रहा था कि जो चन्दन टाकीज़ जो इस शहर कि नब्ज़ था, जिसके दम से ये शहर धड़कता था, उस चन्दन टाकीज़ का वजूद इस शहर के नक्शे से पूरी तरह से मिट गया होगा इसीलिए उसे ये शहर मरा सा जान पड़ रहा था। उसे ऐसा लग रहा था जैसे वो आज इसी का मातम मनाने यहाँ आया था।एक बार फिर से उसके मन में वापस लौट जाने का ख्याल आया। पर न जाने क्यूँ उसके कदम खुद ब खुद आगे बढ़ते रहे। वो जितना आगे बढ़ता गया उसके ख्याल उसे उतना ही पीछे खींचते रहे और उसे बार बार उसी दुनिया में ले जाते रहे जो उसे अपने ज़हन के अलावा और कहीं नहीं दिखाई दे रही थी। जिस रास्ते पर वो चल रहा इसी रास्ते के एक ओर कभी अमरूदों का बाग होतां था और दूसरी ओर एक खुला मैदान जहां अक्सर मेले सर्कस लगते थे, नौटंकियाँ राम लीला होती थीं और दशहरा मनाया जाता था और बाकी दिनों में बच्चे यहाँ खेला करते थे,पतंग बाज़ी किया करते

थे। आज यहाँ दोनो ओर उसे सिर्फ ढेरों सामान से लदी कदी दुकानें ही दुकानें दिख रही थी।क्या लोगों की जरूरतें इतनी बढ़ गई हैं कि उन्हे हर तरफ सिर्फ बाज़ार ही चाहिए?क्या यहाँ बिकने वाली हर चीज़ उनकी खुशियों से ज्यादा अहम हो गई हैं?वो अपने ख्यालों में उलझता रहा और उसके कदम आगे बढ़ते रहे और एकदम वहाँ आकर ठिठक गए जहाँ से वो 30 पहले साल गया था।यहीं खड़े खड़े उसने उस दफा चन्दन टाकीज़ को देखा था। और आज फिर उसे देख रहा था। वो इमारत अभी भी वहीं खड़ी थी।उसके इर्द गिर्द सब बदल चुका था लेकिन चन्दन टाकीज़ अभी वहीं कायम था अगर कुछ बदला था तो उसके उस बड़े से आँगन में लगने वाली भीड़ भाड़ , जो आज नदारद थी। कहीं कोई किसी फिल्म का पोस्टर नहीं लगा था,न साइकिल स्टैंड पर कोई साइकिल खड़ी थी न वो रिक्शा वहाँ खड़ी थी जिस का इस्तेमाल शहर में वहाँ चल रही फिल्मों की मशहूरी और मुनादी करने के लिए किया जाता था।पर उसके लिए सबसे बड़ी राहत की बात ये थी कि भले ही उजाड़ सा सही चन्दन टाकीज़ वहाँ था तो सही। सब कुछ वैसा ही था वही दरवाजे जिसके ऊपर खुरचे हुए से EXIT की छाप अभी तक मौजूद थी इन्ही की दहलीज़ पे खड़ा हो कर वो लोगों से टिकिट लेकर अंदर जाने देता था, और वो बॉक्स ऑफिस की टिकिट खिड़की जिसके सामने लंबी लंबी साँप जैसी आड़ी तिरछी लोगों की कतारें लगा करती थी और उसकी दूसरी ओर बैठ कर वो टिकटें बेचा करता था।और पीछे की ओर जेनरेटर रूम और उसके बगल में वो कोठरी जो उसे रहने के लिए मिली हुई थी। यहाँ काम करते करते उसे ये लगता था कि उसकी ज़िंदगी भी किसी अदाकार जैसी थी, जिस तरह से कोई अदाकार हर फिल्म में एक अलग किरदार में नज़र आता है यहाँ भी उसे कई किरदार निभाने को दिये जाते थे। इसीलिए वो कभी शहर भर में टाकीज़ में चलने वाली फिल्मों के पोस्टर चिपकाता और उनकी मुनादी करता,कभी वो टिकटें बेचता और कभी हॉल के दरवाजे पर खड़ा लोगों से टिकिट लेकर अंदर जाने देता था और कभी टार्च की रोशनी से शो में देर से पहुँचने वालों को वो उनकी जगह पर बैठा कर आया करता। एक मंजे हुए अदाकार की तरह वो ये सारे किरदार बड़ी बखूबी निभाया करता।और उसको यहाँ सबसे बड़ा और अहम किरदार निभाने को मिला

चन्दन टाकीज़ के प्रॉजेक्शन रूम में। यहाँ उसे उस प्रोजेक्टर को चलना था जो अंधेरे हॉल में पर्दे पर जादुई तस्वीरों की दुनिया रचता है और इसी दुनिया के मुरीद दीवानों की तरह चन्दन टाकीज़ में उमड़ पड़ते थे। बस यही एक किरदार उसका यहाँ आखिरी किरदार साबित हुआ। उस रोज़ उसकी एक गलती से प्रोजेक्टर चलते शो में खराब हो गया।उधर पर्दे पर फिल्म रुकी इधर चन्दन टाकीज़ में गोविंद राम का किरदार पूरा हो गया । टाकीज़ के मालिक ने उसे नौकरी से निकाल कर उस गलती की सज़ा दी। उस रोज़ वो उसी EXIT वाले दरवाजे से हमेशा के चन्दन टाकीज़ से बाहर तो निकल गया पर चन्दन टाकीज़ उससे बाहर न निकल सका। आज वो यहाँ उसकी सिढ़ियों पर बैठा उन्हीं यादों की जुगाली कर रहा था।उसकी वापसी की गाड़ी का वक़्त हो चला था। उसने वहाँ खड़े होकर आखिरी बार उसकी इमारत को नज़र भर देखा और ठीक उस दिन की तरह यहाँ फिर दोबारा कभी लौट के न आने का तय करके वो स्टेशन की ओर चल दिया।

6

भार

～

“पिताजी आप करते क्या हो?” सामने पड़े रेज़गारी के ढेर से अठन्नियाँ,एक के,दो के और पाँच पाँच के सिक्के अलग अलग करते हुए आत्मप्रकाश ने पूछा। “हैं?क्या?”नोट गिनते हुए सम्पत लाल बिना सिर उठाए बोला।“करते क्या हो?” आत्मप्रकाश ने सवाल दोहराया। “क्या मतलब करते क्या हो ?” सम्पत लाल ने खीजते हुए पूछा।“मतलब काम क्या करते हो?” “क्यूँ तुझे नहीं पता?” “नहीं वो तो मुझे पता है?पर आप जो करते हो उसको कहते क्या हैं?” “भार उतारता हूँ लोगों का....” “अच्छा....भार उतारते हो....पर पिताजी आप हो कौन?....” “तेरा बाप हूँ...फालतू बकवास कर रहा है.....क्या मतलब कौन हूँ....” “न वो मेरी क्लास में दिनेश हैं न उसके पिताजी सारी रात गलियों में डंडा सीटी ले के घूमते हैं तो वो चौकीदार हैं,मुकेश के पिताजी स्कूल में फूल लगाते हैं घास काटते है तो सारे उनको माली कहते हैं....उस हिसाब से आप क्या हो?” “तेरे स्कूल में मास्टर मास्टरानी नहीं है क्या?...इतने सवाल उनसे पूछ लिया कर....सारी गिनती भुलवा दी....बेवकूफ....हो तेरा गया काम?.....कितनी अटठ्नी बता?” “अभी गिनी नहीं....” “काम कर ले चुपचाप...दिमाग खा लिया....रे आतू की माँ रोटी राटी बन गई तो देदे भई.....और तू सुन ले रे....सारी रेज़गारी गिन के कापी में पूरा हिसाब लिख के फिर सोएगा तू.....” सम्पत लाल ने आत्मप्रकाश को उबासी लेता देख धमकाते हुए कहा। सम्पत लाल तो खा पी के सो गया पर

बेचारा आत्मप्रकाश देर रात तक अट्ठानियों की एक,दो और पाँच के सिक्कों की अलग अलग ढेरियाँ बनाके,गिनती करके,उनका जोड़ कापी में लिखता रहा। आत्मप्रकाश अभी कुछ रोज़ पहले ही पाँचवी से छटी जमात मे आया था।उसका पिछला सरकारी स्कूल क्योंकि एक प्राइमरी स्कूल था इसलिए अब वो दूसरे सरकारी स्कूल में भर्ती हुआ था जहां पाँचवी से आगे की पढ़ाई होती है।स्कूल नया था और साथ पढ़ने वाले भी। आज आधी छुट्टी के वक्त उसकी क्लास के सारे बच्चे एक दूसरे से यही पूछ बता रहे थे कि उनके पिता क्या काम करते थे जिसका आत्मप्रकाश के पास कोई पुख्ता जवाब नहीं था।उसे ये तो पता था कि उसके पिता सम्पत लाल शनिवार के शनिवार सुबह तड़के घर से सफ़ेद कुर्ता पजामा पहनकर,सर पर सफ़ेद रंग का पटका बांध कर,माथे पर एक काला तिलक लगा कर,कंधे पर एक गठरी टांगकर और हाथ में एक बाल्टी लेकर जिसमे लोहे के पतरे से बनी एक छोटी सी काले रंग की बेढबी सी मूर्ति रहती थी, निकलते थे और जब देर शाम तक वो घर लौटते थे उस बाल्टी में ढेर सारा सरसों का तेल और रेज़गारी होती थी। आत्मप्रकाश सम्पत लाल के कहने पर तेल वाली बाल्टी से रेज़गारी निकाल कर पहले अच्छे से धोता फिर सारे सिक्के अलग गिन कर उनका हिसाब जोड़ कर अलग अलग थैलियों में डाल कर रख देता, वो ये काम खुशी खुशी मजे ले ले के करता। अगली सुबह सम्पत लाल इन सिक्कों के बदले किसी दुकान से सब्जी या थोड़ा बहुत घर का सामान या फिर नोट लेकर आता। इसके अलावा सम्पत लाल की गठरी से गेहूं की,आटे की,काले तिलों की,काली दाल की,चावल की पोटलियाँ और कभी कभार फल और मिठाईयाँ निकलती। गेंहू,आटा,चावल,काली दाल तो माँ अंदर रसोई में रख लेती, फल और मिठाईयाँ आत्मप्रकाश को मिल जाती और काले तिल को थैलियों में और सरसों के तेल को तीन चार काँच की बोतलों में भर कर सम्पत लाल पंसारी को बेच आता पर वो करता क्या था और वो था कौन ये बात आत्मप्रकाश अपनी क्लास के बच्चों को समझा नहीं पाया और अपने सवाल का जवाब सम्पत लाल से ले नहीं पाया। खैर इस सवाल का जवाब जानने के लिए उसे ज्यादा इंतिज़ार करना नहीं पड़ा। कोई दो रोज़ के बाद उसे इस सवाल का जवाब

क्लास में पढ़ाये जा रहे एक सबक के दौरान मिल गया।छुट्टी के बाद आत्मप्रकाश कूदता फाँदता घर की ओर दौड़ा गली के नुक्कड़ पर ही उसे अपने पिता पीपल के पेड़ के नीचे बने चबूतरे पर बैठे ताश खेलते दिखाई दिये। वो सीधा उनके पास गया और बोला "पिताजी....आप तेली" पत्तों की बाज़ी में मगन सम्पत लाल ने उसकी बात पर ध्यान नहीं दिया। आत्मप्रकाश फिर बोला "पिताजी...आप तेली हो" ये सुनकर सम्पत लाल को गुस्सा आ गया और उसने "भाग यहाँ से..." कहकर आत्मप्रकाश को डांट भगाया।आत्मप्रकाश को समझ नहीं आया कि इसमें इतना नाराज़ होने वाली क्या बात थी? खैर घर पहुँच कर कपड़े बदल वो खाना खाने बैठा ही था कि इतने में सम्पत लाल गुस्से में दन दनाता हुआ घर घुसा और घूरते हुए आत्मप्रकाश को बोला "हरवा दिया...उड़वादी मेरी मज़ाक.....और क्या बक रहा था तू??...." "वो मैं कह रहा था...आप तेली हो...आप तेली हो न?...।"आत्मप्रकाश थोड़ा झिझकते हुए बोला। "क्या हूँ मैं...तेली?....किसने कहा तुझे....?" "हमारे मास्टरजी ने...." "क्या बोला तेरा मास्टर....तेरा बाप तेली है?...." "नहीं नहीं उन्होने ने ऐसा नहीं बोला...." "तो फिर क्या बोला उसने?...." "वो तो आज क्लास में हिन्दी का एक पाठ पढ़ा रहे थे उसमें एक पंक्ति आई कहाँ राजा भोज कहाँ गंगू तेली तो मुझे पता चला कि आप तेली हो...." "मास्टर तेरा पागल है और तेरा दिमाग खराब है.... मेरा नाम गंगू है क्या?" "नहीं आपका नाम तो सम्पत लाल है...." "तो जड़बुद्धि....तुझे मैं कहाँ से तेली लगा?" "ना वो क्लास में बच्चों ने तेली का मतलब पूछा तो मास्टर जी ने बताया...." "क्या बताया रे??.... कि तेली मतलब आतू का बाप?" "ना ना मास्टर जी ने बताया....जो तेल निकालता है या तेल बेचता है वो तेली होता...तो आप भी तो तेल बेचते हो ना....तो उस हिसाब से आप तेली हो गए..." "दोबारा तूने मुझे तेली बोला न तो बेटा मार मार के तेरा तेल निकाल दूंगा....तेली नहीं हैं हम लोग.....वो तो हमसे बहुत नीचे होते हैं...." "तो फिर कौन हो आप?...." "शनि महाराज...समझ गया....शनि महाराज....और ये तेरे मास्टर को भी समझा दियो...." ये कहकर सम्पत लाल फिर घर से निकल गया।"मास्टरजी कौ क्या समझाऊँ?....उन्होने तो कुछ कहा ही नहीं...हाँ दोस्तों तो जरूर बताऊँगा....शनि महाराज....ये

सही है" आत्मप्रकाश चावलों में काली दाल मिलाते मिलाते और खाते खाते सोच रहा था।

"शनि महाराज....मेरे पिताजी....शनि महाराज...भार उतारते हैं लोगों का...."अगले दिन स्कूल में आधी छुट्टी के वक़्त आत्मप्रकाश ने बड़ी शान से अपनी क्लास में ये ऐलान कर डाला। "शनि महाराज?ये क्या होता है?" किसी ने पूछा "अरे वो आता नहीं गली में...जय शनिदेव बोलता हुआ...वो..." किसी ने जवाब दिया "अच्छा वही क्या जो वो तेल मांग के ले जाता है..." किसी ने बोला "हाँ कई बार मेरी माँ आटे की कटोरी या काली दाल मुट्ठी में बंदकर के मेरे सिर के ऊपर घुमा के उसकी गठरी में डाल देती है...वही शनि महाराज...."अब किसी और ने बोला।"ओए तेरी माँ उसी आटे की रोटी बनाके देती है ना?" किसी ने आत्मप्रकाश से पूछा। "और आचार भी उसी तेल का....." जब किसी ने ये बोला तो आत्मप्रकाश को छोड़ सभी ज़ोर से हंस पड़े। उस रोज़ आत्मप्रकाश को बहुत बुरा लगा। उसे ये लगा की उसके पिता कुछ ऐसा काम करते हैं जो सही नहीं है। "पर वो तो कहते है कि वो भार उतारते हैं लोगों का...और भार उतारना तो अच्छा ही होता होगा......पर वो तेल,आटा,तिल,चावल,दाल ये सब मांगकर लोगों का भार वो कैसे उतारते हैं?...." आत्मप्रकाश मन ही मन उलझता रहा। अपने पिता से ये बात करने की उसकी हिम्मत नहीं पड़ी और दोस्तों ने मज़ाक बना लिया वो अलग , अब उसे वो शनि महाराज शनि महाराज कहकर भी चिढ़ाने लगे। आत्मप्रकाश बुझा बुझा सा रहना लगा पर किसी ने गौर नहीं किया।वो अभी भी तेल वाली बाल्टी से रेज़गारी निकाल कर पहले अच्छे से धोता फिर सारे सिक्के अलग अलग गिन कर उनका हिसाब जोड़ कर अलग अलग थैलियों में डाल कर रख तो देता पर अब वो ये काम खुशी से न करता और अगली सुबह जब सम्पत लाल इन सिक्कों के बदले किसी दुकान से सब्जी लाता और माँ खाने में जब वो सब्जी बनाती तो उसे रोटी के टुकड़े हलक से उतारना उसे बड़ा भारी पड़ता।उसके दोस्तों ने जब देखा तो की कुछ दिन से आत्मप्रकाश उखड़ा उखड़ा सा रहता है न उनके साथ आधी छुट्टी में खेलता या खाता है तो उन्हे लगा शायद उनके उसे चिढ़ाने की वजह से वो ऐसा बर्ताव कर रहा है तो उन्होंने उसे उस दिन के बाद शनि

महाराज कहना छोड़ दिया।आत्मप्रकाश को काफी राहत मिली उसके दिल का भार कुछ उतरा और कुछ ही दिनों में वो पहले कि तरह दोस्तों से घुलमिल के रहने लगा।वक़्त बीतता गया आत्मप्रकाश की उम्र साल दर साल बदलती रही और वो जितनी जमात पढ़ सकता था पढ़ चुका।उसका बदन भी कुछ क़द काठी पकड़ने लगा। बचपन भी लड़कपन और जवानी की जद्दो जहद से हार कर धीरे धीरे चेहरे और आवाज़ से अपने बरसों पुराने कब्जे छोड़ने लगा और इंसान का मन तो वैसे ही बदन की उम्र का फायदा उठा कर अपनी हसरतें निकलवा लेता है। ऐसे ही वक़्त से आत्मप्रकाश का गुजर हो रहा था, उसका और आईने का मेलमिलाप कुछ ज्यादा रहने ही लगा।एक दिन घर पर वो आईने के सामने खड़ा कुछ अपने और कुछ उसके नुक्स निकाल रहा था तो बाहर आँगन से सम्पत लाल की आवाज़ आई "आतू...ओए आतू..." आत्मप्रकाश को अपने और आईने के बीच चल रही उस गुफ्तगू को बीच में छोड़ना पड़ा।बाहर आकर उसने देखा तो सम्पत लाल खाट पर पसरा हुआ था। आत्मप्रकाश को देखते ही बोला "जा...पानी ले आ...." आत्मप्रकाश ने एक लोटा पानी ला सम्पत लाल को थमा दिया जिसे वो ओक लगाकर गटा गट पी गया।पानी पीकर सम्पत लाल ने दो तीन डकार मारे और हर डकार के साथ "जय शनिदेव जय शनिदेव" की आवाज़ भी निकाली।फिर लोटे के साथ एक थैला भी आत्मप्रकाश को पकड़ाते हुए बोला "थैले में एक लिफाफे में थोड़े से लड्डू हैं वो अपनी माँ को देदे और एक अखबार में एक कपड़ा बंधा हुआ हो वो जाकर दर्ज़ी को दे दियो...." "क्या बोलूँ ?" "किसको??" "दर्ज़ी को?" "बोलना कुछ नहीं है चुपचाप अपना नाप और कपड़ा दे दियो उसको वो अपने आप समझ जाएगा...." "अपना नाप क्यूँ?" "अरे...जड़बुद्धि जब कुर्ता पजामा तेरा बनना है तो नाप तेरी माँ देने जाएगी??..." आत्मप्रकाश ने उसी वक़्त थैले से अखबार में लिपटा वो कपड़ा निकाला "पर ये कपड़ा तो आपका है..." "क्यूँ मेरे नाम का मार्का लगा है कपड़े पे?..." "पर ये तो सफ़ेद है..." "तो" "सफ़ेद कुर्ता पजामा तो आप पहनते हो?..." "न अगर तू पहन लेगा तो तेरे पीछे साँड पड़ जाएगा?" "मैं तो न पहनूँ सफ़ेद कुर्ता पजामा..." "तो कोट पैंट पहनके जाएगा भार उतारने...." "किसका भार उतारने?...." "जिनका मैं उतारता

हूँ..." "मैं न जाता भार भूर उतारने....आप जाओ...." "अरे...जड़बुद्धि तुझे अकेला कौन भेज रहा है...अब से तू मेरे साथ चलेगा....पहले मैं तुझे सारा काम सीखा समझा दूँगा...फिर तू अपने आप जाता रहियो...आयी समझ" "मैंने नहीं सीखना ये सब..." "क्यूँ रे....दिक्कत है कोई....मैं अकेला सारी उमर लगा रहूँगा क्या...तू नहीं कमाए नहीं कुछ...." "तो जरूरी है ऐसे कमाना....कोई काम सीख लूँगा...." "अच्छा क्या काम सीखेगा....हेलिकॉप्टर बनाएगा...." "पप्पू भाईजी वाला काम सीखूँगा...." "पप्पू भाईजी कौन?...." "वही...जिनकी चौक में दुकान है" "वो पप्पू...वो नाई....नाई का काम सीखेगा तू...रे डूब मर...नीची जात वाले काम सीखेगा अब..." "क्यूँ??....इसमें नीची जात वाला क्या काम है और कमाई देखी उनकी?..." "होगी कमाई....पर काम तो नीची जात वाला है...." "मांग के खाने से तो अच्छा ही है...." ये सुनकर सम्पत लाल अपना आपा खो बैठा और खाट के पास उतारी हुई अपनी चप्पल उठा के आत्मप्रकाश को दे मारी। आत्मप्रकाश गुस्से में चुपचाप घर से निकल सीधा पप्पू की दुकान पर जा पहुंचा। पप्पू वहीं दुकान के बाहर बीछे एक लकड़ी के बैंच पर बैठा बीड़ी फूँक रहा था आत्मप्रकाश को देख बीड़ी बुझाते हुए वो बोला "आ भाई आतू...क्या कटिंग या ठोड़ी पे मशीन?..." "ना भाईजी...कुछ नहीं..." आत्मप्रकाश वहीं बैंच पर बैठते हुए बोला। "तो शनि महाराज क्या सेवा करूँ?....चाय या दूध में पत्ती...क्या मंगाऊँ?...." "कुछ नहीं...मुझे आप से एक बात करनी है..." "हाँ बोल....रिश्ते की बात चलानी है?..." पप्पू ने उसे छेड़ते हुए कहा। "भाईजी काम सीखना है मैंने आपसे..." "कौन सा ?" "यही आप वाला...." "ओ महाराज...ये तेरे हाथ जोड़े....क्यूँ पाप चढ़वा रहा है..." "क्यूँ आप पाप करते हो..." "भाई ये तो काम है हमारा...." "मैं क्यूँ नहीं कर सकता..." "भाई नहीं कर सकता...नहीं कर सकता...समझा कर..." "तो मैं कौन सा काम करूँ..." "वही तेरे पिताजी वाला..." "भाईजी मांग के खाना कौन सा काम होता है?" आत्मप्रकाश की आवाज़ में एक तक़लीफ थी। पप्पू उसकी बात सुनकर खामोश हो गया कुछ देर रुककर वो बोला "देख भाई आतू मैं तो तुझे अपनी दुकान पर काम नहीं सीखा सकता....मेरे मौसी के बेटे की दुकान है उधर दूर वाले भीड़े बाज़ार में...उससे बात कर लेता

हूँ....ठीक...और बता क्या सेवा करूँ?....” पप्पू ने उसके कंधे पर हाथ रखते हुए कहा “बस भाईजी...एक बात ध्यान रखना....” आत्मप्रकाश ने बैंच से उठते हुए कहा “क्या?...” पप्पू ने दूसरी बीड़ी सुलगाते हुए पूछा “आगे से शनि महाराज मत बोल देना मुझे” ये कहकर वो वहाँ से चला गया।उस दिन आत्मप्रकाश जो घर से निकला वो वापस आकर भी वापस नहीं आया।अब शनिवार की शाम रेज़गारी गिनने का काम खुद सम्पत लाल ही करता। आटा, दाल, चावल, सब्जी वगैरह आत्मप्रकाश खुद अपने लिए अलग से खरीद कर लाता और भीड़े बाज़ार वाली दुकान पर काम करते करते सीखते सीखते जो उसे दिहाड़ी मिलती वो उसी से अपना काम चलाता और कभी कभार कुछ पैसे माँ को भी दे देता जिसका शायद इस धरती पर जन्म उस घर का काम काज करने और आत्मप्रकाश को पैदा करने के लिए ही हुआ था।सम्पत लाल और आत्मप्रकाश रहते तो एक छत के नीचे थे लेकिन लेकिन ये छत किसी घर की न होके किसी रेल डब्बे सी ज्यादा लगती जिसके नीचे बैठने वाले साथ होकर भी साथ नहीं होते।जिस दिन सम्पत लाल ने आत्मप्रकाश को चप्पल फेंक मारी थी वो दिन दोनों के पाँव का काँटा बन गया था जो हर क़दम पर उन्हें अपनी मौजूदगी का एहसास कराता रहता जिसे दोनों में से किसी ने भी निकालने की कोशिश नहीं की लिहाजा वो और गहरे धँसता गया।एक शाम जब आत्मप्रकाश काम से लौटा तो उसने देखा सम्पत लाल खाट पर ज़ख़्मी हालत में पड़ा था। दो चार अड़ोसी पड़ोसी भी वहाँ मौजूद थे। उन्हीं से पता लगा कि कहीं बाज़ार में एक आवारा सांड, तेल मांगते हुए सम्पत लाल के पीछे पड़ गया और उसने सम्पत लाल पर हमला कर दिया। अब सम्पत लाल कोई मेटाडोर तो थे नहीं जो उस सांड से लड़ पाते, वो तो आस पास के लोगों ने सांड पर गरम पानी फेंक कर उसे वहाँ से भगाया लेकिन सम्पत लाल के साथ हुई उठक पटक में उसे काफी अंदरूनी चोटें लगी।ये गनीमत रहा न तो ज्यादा खून बहा न कोई हड्डी टूटी पर बदन में जहां जहां जोड़ हो सकते हैं वो सारे हिल गए जिससे सम्पत लाल का एक लंबे अरसे तक खाट पर पड़े रहना तय हो गया पर अंदरूनी चोटें ठीक हो भी जाए तो भी उनका दर्द ताउम्र बना रहता है। सम्पत लाल खाट पर पड़ा पड़ा हर पल ये सोचता रहता कि ऐसा

कौन सा भार उस पर था जिसे वो खुद कभी नहीं उतार पाया और एक भार तो उसे हर सुबह शाम उठाना पड़ता जब आत्मप्रकाश काम पर जाने से पहले और काम से लौटने के बाद बिना कुछ बोले सम्पत लाल की तिमारदारी में लगा रहता।एक रोज़ सम्पत लाल ने न जाने कितने अरसे बाद आत्मप्रकाश को आवाज़ दी "आतू...आतू...." आत्मप्रकाश चुपचाप उसकी खाट के नजदीक आकर खड़ा हो गया। "आतू... खाट पर पड़े पड़े बाल और दाढ़ी बढ़ गए।इतनी ज्यादा खाज होती है और मैं दर्द से डरता खुजा भी नहीं सकता अगर तेरे पास औज़ार पड़े हों तो बाल और दाढ़ी तो काट दे बेटा..." आतू ने चुपचाप सम्पत लाल के बाल और ढाढ़ी काट दिये ये सब हो चुकने के बाद सम्पत लाल ने आत्मप्रकाश से पूछा "रे तू आज गया नहीं काम पे?" "आज दुकान बंद है..." वो सिर्फ इतना ही बोला। "क्यूँ?" "आज महीने का आखरी मंगलवार है...उस्तादजी दुकान बंद रखते हैं" ये सुनते ही सम्पत लाल के किसी जोड़ में ये सोचकर "मर गए भई... भार चढ़वा लिया.... मंगलवार को बाल कटवा लिए........" एक तेज़ दर्द उठा पर अगले ही पल ये महसूस करते ही कि आज उसके जो दिल से जो भार उतरा उसके एवज़ में ये भार तो कुछ भी नहीं था, उसका वो जोड़ का दर्द न जाने कहाँ चला गया।

7

असली मर्द

वो यहाँ से गुज़रता तो रोज़ था लेकिन रुका आज पहली बार था। पीले पेंट से रंगी पूरी दीवार पर लाल रंग में लिखे गए मोटे मोटे अल्फ़ाज़ों को आज उसने पहली बार गौर से पढ़ा- ठेका शराब देसी,बाबत साल 2018-19,ठंडी बीयर....यहाँ उसका ध्यान एक बार को टिका "बीयर...ये ले लूँ?" फिर अगले ही पल उसे ध्यान आया कि किसी ने कहा था "बीयर से कुछ नहीं होता....ये पथरी वालों के लिए ठीक है..." "जब कुछ होना नहीं तो क्यूँ लूँ....मुझे तो पथरी भी नहीं है..." मगर वो चाहता था कि कुछ हो, वो भी आज ही। ये सोच कर उसकी नज़रों ने आगे बढ़ना और पढ़ना शुरू कर दिया। "माल्टा....पानीपत न.1....मसालेदार जगाधरी....रसीला संतरा....नायाब तोहफा....समालखा कीनू....क्या है ये?....क्या लूँ?....कौन सी काम करेगी?......" दिमाग फिर अटक गया। अब वो पूछे तो पूछे किस से और पूछे भी क्या? पर लेनी तो पड़ेगी नहीं तो हिम्मत कैसे आएगी? डर भी तो खोलना है...। हिम्मत करके वो लोहे की उस पिंजरे की ओर बढ़ा जिसके पीछे एक आदमी सफ़ेद कुर्ता पजामा पहने, बैठा हुक्का गुड़गुड़ा रहा था लेकिन उसके पैर आगे बढ़ने से पहले वहीं रुक गए दिमाग हिसाब किताब में उलझ गया "आती कितने की है?...." नज़रें फिर से दीवार को पढ़ने लगी और एक पोस्टर पर जा रुकी "शराब के सरकारी रेटों में भारी छूट....बोतल-80, अद्धा-40, पव्वा -20..... पव्वा... सस्ता तो यही है....." उसने जेब से दो दस दस के नोट निकाले और कांपती टाँगो को

संभालता आगे बढ़ा मगर ये सोचकर "छोड़...आज रहने देते हैं...फिर कभी...." वो रुक गया मगर "आज नहीं तो कब...." ये सोचकर फिर से आगे बढ़ चला। "एक पव्वा...." लड़खड़ाती जबान से दो सलाखों के बीच अपनी भींची हुई मुट्ठी जिसमें दो दस दस के नोट थे घुसेड़ते हुए वो बोला।कुर्ते वाले ने हुक्का छोड़ा और पास धरे गत्ते के एक बड़े से डब्बे एक पव्वा निकाला और उसकी ओर बढ़ा दिया। उसके हाथ कंपकापने लगा, भींची हुई मुट्ठी की पकड़ ढीली पड़ गई और नोट छूट कर वहीं गिर गए। कुर्ते वाले ने एक बार उसे घूर के देखा,नोट उठाए और पव्वा उसके हाथ में थमा दिया। "अब क्या करूँ?.....कहाँ रखूँ?.....कहाँ जाऊँ?....किसी ने देख लिया तो.....?" पव्वा हाथ में आते ही एक के बाद एक सवाल दिमाग में टसकने लगे। ठेके के अगल बगल पनवाड़ी की दुकान,अंडे की ठेली,नमकीन दाल वाले में से उसे कोई भी महफ़ूज़ नहीं लगा लिहाज़ा उसने फट से पव्वा एक खास जगह दबाया और साइकिल पर लदकर हवा हो गया। गंदे नाले की पुलिया पर आते ही उसकी साइकिल में ब्रेक लग गए। "यहाँ ठीक है...अंधेरा भी है...." साइकिल से उतर कर , पजामे की अंटी से पव्वा निकालकर वो पुलिया की मुंडेर पर बैठ गया। पव्वे का ढक्कन खोल जैसे ही वो उसे अपने नाक के पास ले गया एक तेज़ तीखी बू के भभके ने उसका दिमाग घुमा दिया। उसे ये समझ में नहीं आया की ये तीखी बू पव्वे से आई थी या नाले से। कुछ पल वो ऐसे ही बैठा रहा। माथे से पसीना चूने लगा ,कान गरम होने लगे,दिल की धमनियाँ भड़ भड़ा उठी। उसने एक गहरा सांस लिया और पव्वे को मुंह से लगा कर जैसे ही एक घूंट अंदर उढ़ेला अगले ही पल उगल दिया। बचपन में उसे एक बार मलेरिया हुआ था, गाँव वाले वैध की महा कड़वी कसैली दवाई इससे कहीं ज़्यादा मीठी थी। "क्या बीमारी है ये?.....कैसे पीऊँ?....." फिर ध्यान आया एक बारात में उसने देखा था कुछ लोग गिलास में डाल कर पानी या सोडा मिलाकर पी रहे थे । पानी तो उसके पास भी था पर गिलास नहीं। उसने साइकिल के हैंडल पर टंगे थैले से पानी की बोतल निकाली,रोटी वाला खाली कर दिया गया डब्बा भी,डब्बे में कुछ पानी डाला और उसमे थोड़ी....। जी तो नहीं कर रहा था पर अब तो बीस रुपए लग चुके थे ढक्कन खुल चुका था। मलेरिये वाली

दवाई माँ नाक भींच के मुंह में उढ़ेल देती थी, उसने भी यही किया-मुंह,गला,सांस वाली नलकी,छाती,पेट सबमें आग लग गई, आँखों में से पानी आने लगा,कान साँय साँय करने लगे मन गालियाँ देने लगा एक बार तो जी किया "यहीं नाले में फेंक दूँ...." पर हिम्मत भी तो चाहिए थी लिहाज़ा तीन बार नाक और भींची गई और फिर खाली पव्वा गया नाले में। वो कुछ देर वहीं बैठा रहा,जलती छाती,मुंह के कड़वे स्वाद और बीस रुपए को रोता रहा क्योंकी हिम्मत तो नहीं आई,डर तो नहीं खुला-"उसे महक आ गई तो?....पता लग गया तो?...." फिर उसने दो गहरी सांसें ली,माथे से पसीना पोंछा,बोतल में बचा खुचा पानी गटका और ये सोचकर "लग जाने दो पता...समझती क्या है.... बता दूँगा.......दिखा दूँगा... सबक सीखा दूँगा..... आज समझा दूँगा.....मर्द हूँ...असली मर्द...." साइकिल पर लदकर, बिना गद्दी पर बैठे कूल्हे उचका उचका कर पैडल मारता ठीक घर के दरवाजे पर जाकर ही रुका।

उसने धाड़ धाड़ दरवाजा पीटा,दरवाजा खुला,वो साइकिल समेत अंदर, दरवाजा बंद।

सुबह आँख खुली तो सर फट रहा था।कमरे से निकल कर वो बाहर आया,घर के दरवाजे के पास टूटी हुई काँच की चूड़ी के टुकड़े पड़े थे, उसकी एक चप्पल कहीं और दूसरी पता नहीं कहाँ....,साइकिल एक तरफ लुढ़की पड़ी थी, खाली थैला तार पे टंगा था, जैसे ही नज़र आँगन में लगी पानी की टंकी की टूटी के नीचे रखी कपड़े धोने वाली थापी की तरफ गई , कुछ याद आया- अचानक कूल्हे दुखने लगे,पिंडलियों में टीसे उठने लगी,बाएँ गाल को छूकर देखा-सूजन थी।फिर अंदर रसोई से चूड़ी खनकने और बर्तन बजने की आवाज़ आई, दिल थर्रा गया,हलक सूख गया,पसीने की एक ठंडी धार रीढ़ की हड्डी को सहराती हुई निकल गई और उस दिन उसे समझ में आ गया कि असली मर्द कौन है।

8

बदला

"ये काला टिब्बा कहाँ पड़ता है?" चाय के पैसे चुकाते वक्त मैंने ढाबे वाले से पूछा। "ये सामने वाली सड़क सीधे काला टिब्बा ही जाती है"गल्ले में पैसे रखते हुए उसने जवाब दिया।"दूर है क्या?" घने पेड़ों के कहीं खो जाने वाली सड़क को देखते हुए मैंने पूछा। "नहीं बस 1.5 या 2 किमी होगा...." चाय वाले भगोने में पानी डालते हुए उसने बताया। "चढ़ाई है?...." फिर से उसी सड़क को देखता हुए मैंने पूछा। "जाने में तो नहीं पर शायद आते वक़्त लगेगी....।"उसके ऐसा बोलते ही मैंने एक पल को उसके चेहरे को देखा शायद इस उम्मीद में की वो इस बात का मतलब खुद ही समझा दे मगर वो बोला "यहाँ घूमने आए हैं....?" "नहीं किसी से मिलना है..." मैंने कंधे पर टंगे बैग की तनी को कसते हुए कहा। "काले टिब्बे में? मगर वहाँ तो बस 4-5 घर ही हैं...आपको किसके यहाँ जाना है....?"इसके जवाब में मैंने जेब से वो कागज निकाला जिस पर नाम पता लिखा था और ढाबे वाले को थमा दिया।"हाँ... यहीं रहते हैं वो....नीले रंग का गेट है...आपको दूर से ही दिख जाएगा..." कागज पढ़कर मुझे वापस थमाते हुए उसने कहा और हमारी बातों का सिलसिला यहीं ख़त्म हो गया।मैंने भी फिर कंधे पर टंगे बैग को संभाला ओर काले टिब्बे वाली सड़क पर बढ़ चला "काला टिब्बा...बड़ा अजीब सा नाम है, 70-80 के दशक में बनने वाली हिन्दी मसाला फिल्मों के खलनायक के अड्डे का नाम अक्सर ऐसा ही होता था...काली पहाड़ी, काली गुफा, काला टापू,

उसने भी अपने किरदार के मुताबिक रहने के लिए बिलकुल सही ठिकाना चुना...वो क्या किसी खलनायक से कम था?....और जहां खलनायक है वहाँ नायक भी है....मगर हममें से तो कोई नायक नहीं था....मजबूरी में अदनी सी नौकरी करने वाले भला कहाँ के नायक होते हैं?....मगर उन पर राज करने वाले तो सदा खलनायक ही साबित हुए...” मैं जैसे जैसे उस सड़क पर आगे चलता जा रहा था , पेड़ घने और धूप छिछली होती जा रही थी। सड़क सीधी जाने की बजाए ढलान बन उतरने लगी थी। हालांकि मैंने एक मोटी जैकेट और ऊनी टोपी पहन रखी थी मगर मेरे ये शहरी बख्तरबंद पहाड़ों की सर्दी के सामने सफ़ेद रुमाल हिलाते मालूम हो रहे थे। आगे बढ़ने से पहले मैंने वहीं रुककर बैग एक पत्थर पे रखा और उसमे से गरम शाल निकाल कर लपेट ली। इस हरकत से मेरी ब्रैंडेड जैकेट को कुछ तो शर्मिंदगी हुई होगी अब मैं उसकी परवाह करता या सर्दी की, मैं बस ये सोचते हुए आगे बढ़ता रहा कि “अब वो कैसा दिखता होगा?....ढलती उम्र ने कुछ तो कसबल ढीले किए ही होंगे....उसकी हर वक़्त तनी रहने वाली त्यौरियाँ अब तो ढलक गई होंगी,बात बात में फूल जाने वाली नाक से शायद सांस लेने में भी दिक्कत होती होगी,गुस्से में कसे रहने वाले जबड़ों को तो शायद अब दलिया चबाने में भी मशक्क़त करने पड़ती होगी,खा जाने वाली घूरती नज़रों से तो अंधेरे उजाले का तो फ़र्क करना भी मुश्किल जान पड़ता होगा....और किसी की एक छोटी सी गलती पर सबके सामने उसको जलील करते वक़्त टेढ़ा हो जाने वाला मुंह अब तो पिलपिला गया होगा....”ये सब सोच सोच के इस ठंड में जहां मेरे कलेजे में पड़ती ठंडक सुहा रही थी वहीं दूसरी ओर इस बात का अफसोस भी था की मैंने यहाँ तक आने में काफी साल गुज़ार दिये। दुश्मन से लड़ने का मज़ा तो तब आता है जब मुक़ाबला टक्कर का हो। वो मौका तो मैं कब का गंवा चुका था।मुझ पर बरसते जलालत भरे जुमलों के बदले मैंने सिर्फ नज़रे नीची रखी और गर्दन झुकाये रखी और उसकी बद मिज़ाज तलवारों की धार को और मौके देता रहा और फिर एक दिन दूसरी नौकरी मिलते ही बिना कुछ कहे वहाँ से खिसक लिया। हालांकि इससे एक राहत तो जरूर हासिल हुई मगर कभी कुछ बोल ना पाना पलट के जवाब ना दे पाना बस कुढ़ कुढ़ कर अपना खून जलाना

और ज़्यादा से ज़्यादा कोस लेना या बददुआएं देते रहना, अंदर ही अंदर रड़कता रहा।शायद से नौकरी पेशा लोगों को मजबूरी और बुज़दिली को एक मानने में ही समझदारी लगती है और इन दोनों के बीच के फ़र्क को समझने में मुझे इतना अर्सा बीत गया। खैर दुश्मन से मुक़ाबला ना सही बदला ही सही और बदला जितना पुराना हो उसकी तासीर उतनी गर्म होती जाती है और शायद ये वही तासीर थी जो मुझे यहाँ इन ठंडे पहाड़ों में ले आई थी।उस रास्ते पर आगे बढ़ते बढ़ते मुझे इक्का दुक्का घर नज़र आने लगे थे।मंज़िल पास आते देख मेरे कदमों ने रफ्तार पकड़ ली।इतने खूबसूरत पहाड़ी नज़ारों को छोड़ मेरी नज़रें सिर्फ नीले गेट वाले घर की ही तलबगार थी। इन छितरे हुए 4-5 मकानो में सबसे आखिरी मकान के सामने जा कर मेरे कदम ठिठक गए। नीले रंग का गेट और उस पर लटक रही दो लकड़ी की तख्तियाँ जिनमे से एक पर उसका नाम लिखा था जिसे पढ़ कर एक बार तो बदन में झुरझुरी सी हुई। एक ऐसी ही तख्ती उसके ऑफिस के दरवाजे पर भी लगी रहती थी जिसके अंदर ना तो कोई भी घुसना चाहता था और ऐसी नौबत ना आने की दुआएँ मांगता था। लेकिन मैं आज ऐसे कोई दुआ नहीं मांग रहा था मगर दरवाजा खोल कर अंदर घुसने की बजाए मैं उस दूसरी तख्ती को पढ़ रहा था जिस पर लिखा था "कुत्ते से सावधान" ये पढ़कर मैं सोचने लगा उस तख्ती पर लिखा "कुत्ते" क्या वाकई कुत्ते के लिए लिखा था मगर गेट के जरा नजदीक पहुँचते ही मुझे इसका जवाब मिल गया जब अंदर से भौंकने की आवाज़ सुनाई दी और ये आवाज़ कुत्ते की ही थी और कुछ ही देर में एक 20-21 साल का लड़का गेट की ओर आता दिखाई दिया। "हाँ जी....किससे मिलना है?" गेट की कुंडी पे हाथ रख कर उस लड़के ने पूछा। मुंह से नाम निकलने की बजाए जब मेरे मुंह से "सर हैं?" निकला तो मुझे खुद बहुत ताज्जुब हुआ। अब इसे मैं तहज़ीब मानता या...खैर वो जो भी था मुझे उसका जवाब "हाँ" में और गेट की कुंडी खुलने से मिला। मैं उस लड़के के पीछे पीछे चल रहा था और कुत्ते के भौंकने की आवाज़ और भी तेज़ होती जा रही थी।"ये कुत्ता रखने की क्या जरूरत पड़ गई" "यहाँ बंदर आ जाते हैं ना इसलिए" लड़का शायद मेरे सवाल पूछने का इरादा नहीं समझ पाया था इसलिए उसने ये जवाब दिया। "डेल्फी..."बरामदे तक पहुँच

जैसे ही उस लड़के ने ऐसा बोला बरामदे के खंभे से बंधे उस डोबरमैन ने भौंकना छोड़ पूँछ हिलाना शुरू कर दिया। "आईए...आप बैठो मैं सर को बता के आता हूँ..."बरामदा पार करके एक कमरे में पहुँच ये कहते हुए वो लड़का अंदर चला गया।कमरे में बिछे सोफा सेट की एक सीट पर बैठ मेरी जानकारी के बगैर मैं अपनी एक टाँग हिला रहा था और कमरे की दीवारों को देख रहा था। "पूछ तो लिया कर कौन है??...." एक पल के सन्नाटे के बाद जब अंदर वाले कमरे से अचानक आई ये आवाज़ जैसे मुझे सुनाई पड़ी तो मेरी पिंडलियों में एक जानी पहचानी सी झनझनाहट होने लगी और बिना प्यास के भी गला सूखता सा महसूस हुआ। "पानी कोसा है...सर आपका नाम पूछ रहे हैं..."ट्रे से पानी का गिलास रखते हुए सकपकाए से उस लड़के ने मुझ से पूछा। गुनगुने पानी का एक घूंट लेते हुए मैंने अपना नाम बताया जिसे सुनकर लड़का चला गया और कोई 2-3 मिनट के बाद मैंने पाया कि मैं सोफ़े से उठ "गुड मॉर्निंग सर...." कह रहा था अब क्या ये भी मेरी तहज़ीब था या.... "बैठो बैठो...." मेरे सामने वाले सोफ़े पर बैठते हुए उसने मुझ से कहा और मुझे बड़े ध्यान से देखता रहा। मैंने आते वक़्त उसके बारे में जो ख्याली खाके खींचे थे उनमे से एक आध को छोड़ कर सब गलत निकले। सिवाए सर के बालों में सफेदी और चश्मे के फ्रेम को छोड़ बाकी सब वैसा था जैसा कि बरसों पहले। "आप ने मुझे पहचाना सर.....?" मुझे मेरी आवाज़ वैसी दबी दबी सी सुनाई दे रही थी जैसी कि तब होती था जब मेरे किसी काम में मामूली सा भी नुक्स पाये जाने और बुरी तरह लताड़े जाने पर मेरे सिर झुकाये सिर्फ "सॉरी सर..." बोलते वक़्त होती थी। "शायद से रेमिंग्टन में अकाउंटस देखते थे ना तुम?..." उसकी भंवे तनी हुई और नाक फूली हुई थी और इस सवाल का जवाब "जी सर" मैंने ऐसे दिया जैसे उसने फिर से मेरे किसी काम में गलती पकड़ ली हो।"हेमू ओ हेमू...." ये सुनकर वो लड़का अंदर चला आया "जी सर..." "कोई चाय कॉफी वगैरह..." उसने मेरी तरफ देखते हुए भंवे हिलाते हुए कहा। "सर...कॉफी ले लूँगा..." मैं झिझकते हुए जवाब दिया ये सुनकर वो लड़का बिना कुछ कहे फिर से अंदर चला गया। "इतने साल बाद...कैसे आना हुआ..."उसके लहजे में ताज्जुब और शक घुले मिले हुए से थे। उसका ये सवाल सुनते ही मेरे दिमाग की नसे

फड़कने लगी मुट्ठियाँ कसने लगी और जितनी भी गालियाँ जितनी भी बददुआएं मैं सोचकर आया था उनमे से एक भी देने की बजाए मैं ये बोल रहा था "जी जिस कंपनी में मैं अब काम करता हूँ उसका एक ऑफिस यहाँ भी है...उसका ऑडिट चल रहा है...इसलिए...." "कौन सी कंपनी?..." लहज़े में शक बरकरार था। "जी जेसन टूल्स...." "अच्छा जेसन...हूँ..." हमारी बातों का सिलसिला और आगे बढ़ता इससे पहले वो लड़का एक ट्रे में दो मग लेकर और सैंडविच की एक प्लेट लेकर कमरे में दाखिल हुआ मेज़ पर रख कर चला गया। "लो...." कॉफी का एक मग उठाते हुए उसने मुझसे कहा। मैंने जैसे ही अपना हाथ मग की ओर बढ़ाया "पहले सैंडविच लो..." उसकी आवाज़ में मेज़बानी का लहज़ा था या हुक्म का ये तय कर पाना मेरे लिए मुश्किल था लिहाज़ा "सर आप..." सैंडविच उठाते हुए मैं सिर्फ इतना ही कह पाया। "मैंने अभी फ्रेकफ़ास्ट किया था..." कॉफी का एक घूंट सुड़कते हुए उसने कहा और फिर बोला "तुम्हें पता था मैं यहाँ रहता हूँ?...." ये पूछते वक्त वो जिस तरह मुझे देख रहा था मुझे वो दिन याद आ गए जब वो मीटिंग में हम सब से कहता था "समझ आ रहा है मैं क्या कह रहा हूँ??..." और हम सब सिर्फ हाँ में सर के रह जाते थे और वो फिर दहाड़ के कहता था "से यस और नो..." और फिर सहमे से सब बोलते थे "यस सर"। मैं अब भी वही कह रहा था।"तुम्हें यहाँ का एड्रेस कैसे मिला?" जिस तरह से वो सवाल पूछ रहा था मुझे ये लग रहा था जैसे मुझसे खाते में हुई गलतियों की सफाई मांगी जा रही हो जिसका मैं कोई जवाब नहीं दे पाता था लेकिन इस बार मैंने जवाब दिया "रेमिंग्टन से...." सैंडविच का एक टुकड़ा चबाते चबाते मेरे ऐसा कहते ही उसके चेहरे पर बेयकीनी और हैरानी दोनों की मिलीजुली सी लकीरें खिंचने लगी। "तुम मेरा एड्रेस लेने रेमिंग्टन गए थे...या...?"ये कहते हुए वो लकीरें और भी गाढ़ी हो गई। "एड्रेस लेने..." मेरे जवाब में मुझे पहली बार खुद पर यकीन सा महसूस हुआ।"क्यूँ??..." हैरत बेयकीनी और शक सब उसके इस "क्यूँ" में उभर आए थे। "क्योंकि मुझे आपसे मिलना था...." मैं पहली बार उसकी आँखों में आँखें डाल कर बोल रहा था।ये सुनकर उसने कॉफी का मग मेज़ पर रखा कुछ सोचने लगा। "तुम मुझसे मिलने यहाँ आए हो...क्यूँ?..." इस बार इस क्यूँ में पहली दफा कुछ नर्मी दख़ल देती

सी महसूस हुई, मैंने नर्म हुआ अधचबा सैंडविच का टुकड़ा जल्दी से निगला और कहा "बस आपसे बातें करनी थी" ये सुनकर कहकर उसने सिर पीछे की ओर टिकाया और आँखें मूँद ली। मुझे उसका ये रवैया बड़ा अजीब सा लगा। उसने फिर आँखें खोली और मुझे देखते हुए बोला "तुम मुझसे यहाँ बातें करने आए हो...क्या बात करते हो भाई?...." उसका ये मुलायम होता लहज़ा उसकी शख्सियत के बिल्कुल उलट सा लग रहा था और फिर जो उसने बोला उसमे लाचारी बेचारगी एक साथ उबल पड़े "तुम मुझसे बात करने आए हो...मुझसे...जिससे हर कोई बात करना तो दूर मिलने भी से कतराता है...यहाँ तक कि मेरे अपने फैमिली वाले भी...." आँखें झपझपाते हुए मेरी तरफ देखते हुए उसने कहा। मैंने पहली बार उसकी तनी हुई भंवों को इतना ढीला देखा था। "ऐसा क्यूँ?..." मैंने कॉफी का मग बड़ी तमीज़ से उठाते हुए और फिक्रमंदी से पूछा। "साथ काम करने वालों और साथ रहने वालों में, रौब में और रिश्ते में, लिहाज़ में और प्यार में,डर में और इज्ज़त में और ऑफिस में और घर में एक फ़र्क होता है....बस यही एक फ़र्क शायद ठीक से समझ में नहीं आया...." ये कहकर वो चुप हो गया और अपने बाएँ ओर की खिड़की से बाहर देखता रहा। कमरे में पूरी खामोशी छाई हुई थी। अंदर रसोई से एक आध बर्तन बजने और बाहर बरामदे से उनीन्दे से कुत्ते की अलसाई सी गुर्राहट के सिवा कुछ नहीं सुनाई दे रहा था।इन अटपटे से हालात में मुझे क्या करना चाहिए मुझे कुछ भी समझ नहीं आ रहा था। मैंने जल्दी से कॉफी का आखिरी घूंट भरा और मग वापस रख कर जैसे ही उठा मेरे कुछ कहने से पहले ही वो बोल पड़ा "जा रहे हो?...ठीक है भई तुम भी जाओ....किसी ने ठीक ही कहा था बॉस इज़ आलवेज अलोन....पर इतना अलोन....." ये कहकर उसने एक ठंडी सी सांस भरी, सिर पीछे की ओर टिकाया और आँखें फिर से मूँद ली।मैं कुछ पल उसे देखता रहा और फिर दबे पाँव उसके अकेलेपन और बरामदे में सो रहे कुत्ते की नींद में खलल डाले बिना धीरे धीरे वहाँ से चला आया।

9

रोमांच

वो जब मंदिर पहुंचा तो शाम की आरती शुरू हो चुकी थी। अंदर, मंदिर के हाल में पंडित जी एक हाथ में घंटी बजाते हुए और दूसरे हाथ में आरती की थाली लेकर घुमाते हुए भगवान की मूर्ति के सामने खड़े आरती गा रहे थे।उसी हाल में खड़े औरतें,मर्द और बुजुर्ग ताली बजाते हुए,अपने सिर झूमाते हुए, पंडित के सुर में सुर मिलने की नाकाम कोशिश करते हुए आरती दोहरा रहे थे। कुछ औरतें आरती गाते गाते इधर उधर भागे रहे बच्चों को पकड़ने में लगी थी की और जिन्हें पंडित जी भी आरती गाते गाते दाँत पीसते हुए घूरते हुए अपनी गुस्सैल नज़रों से काबू करने की कोशिश कर रहे थे।कुछ लोग अभी भी मंदिर आ रहे थे और जल्द बाज़ी में अपने चप्पलें,जूते,सैंडिल हाल के बाहर एक ढेर में उतार कर हाल में दाखिल हो रहे थे। वो भी इसी ढेर के नजदीक खड़ा कुछ देर को अंदर हाल में झाँकता रहा और फिर अपनी घीसी हुई पुरानी चप्पलें उसी ढेर में उतार कर हाल की तरफ बढ़ा। कदम अंदर रखने से पहले उसने हाल की दहलीज़ को झुककर दायें हाथ से छूकर माथे से लगाया और दहलीज़ पर एक जंजीर से लटके घंटे को बजाते हुए हाल में दाखिल हुआ और सबसे पीछे दोनों हाथ जोड़ कर आँखें मूँद खड़े हो कर झूम झूम कर आरती गाने लगा।कुछ देर को यूंही खड़े रहने के बाद उसने आँखें खोली और लोगों के बीच से जगह बनाते हुए मूर्ति की ओर बढ़ा,जेब से एक रुपए का सिक्का निकाला, उसे वहीं रखे एक दान पात्र में डाला, मूर्ति

• 48 •

के आगे हाथ जोड़े और हाल से बाहर निकल आया। बाहर आकर उसने चप्पलें पहनी और जितनी जल्द हो सके मंदिर के बाहर खड़ी अपनी तीन पहियों वाली रिक्शा रेहड़ी पे सवार होकर निकल गया। शहर की चौड़ी सड़कों पर सरपट भागते मोटर साइकिल,स्कूटर,ऑटो रिक्शा और सवारी रिक्शाओं को पछाड़ता हुई एक अंधियारी गली में उसने अपनी रिक्शा रेहड़ी घुसाई और एक पुराने से घर के आगे जाकर रोक दी।रिक्शा रेहड़ी से उतकर उसने उस पुराने घर के जंग लगे सांकल पर जड़े ताले को खोलकर दरवाज़ा धकेल कर खोला,फिर से रेहड़ी के पास गया, रेहड़ी में रखा एक प्लास्टिक का बोरा उठाया,कंधे पर लादा और घर के अंदर घुसकर वापिस से दरवाज़ा बंद कर दिया।ये घर जो कहने को घर था पर असल में महज़ एक कमरा ही था। उसी अंधेरे कमरे में बिजली का बटन को टटोलते हुए उसने बटन दबाया और ऐसा करते ही पीले बल्ब की रोशनी का उदास सा उजाला कमरे में फैल गया।बोरे को उसने एक कोने में पटका और दूसरे कोने में पड़े मटके से एक लुटिया में पानी लिया और गट गट करके पीने लगा। उसके पानी पीने के साथ ही उसके हलक का गोला ऊपर नीचे हिल रहा था। पानी पीने के बाद उसने एक लंबी सांस ली,चप्पल उतारी और वहीं पास में बीछी खटिया पर धम से पसर गया।कुछ देर तक लेटे लेटे वो जाले लगी कमरे की छत को टक टकी बांधे देखता रहा और फिर उठ के बैठ गया। जरा आगे झुकते हुए उसने नीचे पड़ी चप्पलें हाथ में लीं और ध्यान से देखने लगा। नाप में उसके पैरों से बड़ी नीले सफ़ेद रंग की ये चप्पलें ज्यादा पहनी हुई नहीं थी। उस पर लगा मार्के का स्टीकर पहनने वाले ने अभी तक उतारा भी नहीं था। ये देख कर उसके चेहरे पर एक मुस्कान आ गई और वो ये सोचने लगा कि कैसे कोई नई नई चप्पल पहन कर मंदिर आ सकता है? शायद वो शख्स ये सोचकर कि जब ऊपर वाला सब देखता है तो उसकी चप्पलों की निगरानी का जिम्मा भी तो उसका होगा, अगर ये सच है तो क्या ऊपरवाला दुनिया के और दुख दर्दों तकलीफ़ों से इतना फ़ारिक हो गया कि उसके लिए सिर्फ किसी की चप्पलों की निगरानी करना ही बचा है?तो क्या दुनिया में तभी इतनी परेशानियाँ हैं कि ऊपर वाले को लोगों की चप्पलों का ध्यान रखने से ही फुर्सत नहीं है! मगर ऐसा होता तो ऊपर

वाला उसकी मदद क्यूँ करता? बस ये सोचता सोचता वो उठा, कोने में रखे बोरे को उठाया और उसे फर्श पर पलट दिया। उसके ऐसा करते कोई 10-12 नए पुरानी चप्पलों के जोड़ों का एक ढेर फर्श पर बिखर गया।ये सारे जोड़े उसने आज अलग अलग मंदिरों से बिना किसी की नज़रों में आए उठाए थे फिर तो उसके मुताबिक ऊपर वाले ने मदद तो उसी की थी और फिर हर मंदिर में उसने दान पात्र में चढ़ावा भी तो चढ़ाया था- उसका कुछ तो फायदा हुआ ही होगा और वैसे भी वो अपना काम भी तो पूरी ईमानदारी से ही करता है;अगर वो एक नया जोड़ा उठाता है तो एक पुराना छोड़ के भी तो आता है- वो ये सब सोचता हुआ सारी चप्पलों को जोड़ों में लगा रहा था।वो इन चप्पलों के जोड़ों को गंदे नाले की पुलिया पर अपनी उसी रेहड़ी में बेचा करता था। नाले के दूसरे तरफ कच्ची बस्ती में रहने वाले लोग ही उसके ग्राहक थे जिनमे से ज्यादातर मजदूर तबके के थे जो काम पे जाते वक़्त उससे सस्ती चप्पलें खरीद लेते थे। वो इन चप्पलों के दाम चप्पलों के इस्तेमाल के मुताबिक ही लगता था यानि जो जितनी पुरानी दाम उतना कम और जो जितनी नई दाम उतना ज्यादा ही लेकिन बाज़ार से फिर भी काफी कम इसीलिए उसके ग्राहक भी अपनी हैसियत के मुताबिक ही खरीददारी किया करते थे। इन चप्पलों को बेच कर उसकी जो आमदनी होती थी उससे उसका गुजारा इतना चल जाता कि वो अपना इकलौता पेट भर ही लेता।लेकिन जीने के लिए महज़ पेट ही भरना काफी होता तो फिर बात ही क्या थी।अगर इंसानी बदन को दो हिस्सों में बांटे तो पेट की बारी दिमाग के बाद आती है और दुनिया में सारे खेल ही इन दोनों के है। जब पेट खाली होता है तो दिमाग उसे भरने की जुगत लगाने लगता है और जब पेट भर जाता है तो खाली दिमाग परेशान करने लगता है।इसी झंझट में वो भी अटका था। वो चाहता तो कोई और काम भी कर सकता था जैसे कि कच्ची बस्ती वाले मजदूर करते थे, लेकिन मजदूरी में वो रोमांच कहाँ जो उसे चप्पल उठाने में मिलता था। मजदूरी करने में तो सिर्फ एक मजबूत चुस्त बदन ही तो पसीना बनके खपता है लेकिन इस काम में बदन की चुस्ती के साथ साथ दिमाग की फुर्ती भी तो बराबर लगती है। सुबह शाम अलग-अलग मंदिरों में जाकर, आस पास के माहौल का पूरा जायज़ा लेकर, सही मौके

की ताक में चप्पलों के ढेर पर निगाहें गढ़ा कर, जब पूरा इत्मिनान हो जाए तो दान पात्र में चढ़वा डालकर और एक पुराना चप्पलों का जोड़ा उसी ढेर में छोड़ने के बाद एक जोड़ा उठाने को मिलता था और ये सब हो जाने के बाद किसी की नज़रों में आने से पहले ही वहाँ से निकल जाना- दिमाग की फुर्ती और बदन की चुस्ती दोनों अगर मिलके काम ना करें तो कैसे काम चले और उस पर जोखिम अलग- लेकिन इसी जोखिम में तो असली रोमांच छुपा था और इसी रोमांच को हर बार पाने की तलब ही उससे चप्पलें उठवाती रही। लेकिन धीरे धीरे उसे इस रोमांच की खुराक में कमी आती दिख रही थी और शहर के ज्यादातर बड़े मंदिरों से वो चप्पलें भी उठा चुका था और अब कुछ मंदिरों में चप्पलों के ढेर के पास या तो एक चौकीदार बैठा रहता था या फिर कुछ मंदिरों में टोकन लेकर लोग अपनी चप्पलें एक कमरे में रखवाने लगे थे और वापसी में वही टोकन जमा करा कर उन्हें चप्पलें मिल जाया करती थी। इतनी मुस्तैदी एक मतलब ये था कि या तो ऊपर वाले ने मंदिर में आने वालों की चप्पलों की निगरानी से पल्ला झाड़ लिया था या फिर लोगों के भरोसे में कमी आई थी या फिर ऊपरवाला भी ये चाहता था कि बड़े मंदिरों को छोड़ उसे अब छोटे मंदिरों में रोमांच तलाशना चाहिए और फिर मर्दाना चप्पलें उठाने में इतना जोखिम भी कहाँ बचा था -बस एक पुराना चप्पलों का जोड़ा मंदिर पहन कर जाना मौका देखकर उसे वहीं उतारकर दूसरी चप्पलें पहन लेना। ये सब बार बार दोहराते दोहराते वो इस काम में इतना माहिर हो गया था की उसे अब इस सब में ज्यादा रोमांच भी नहीं आता था लेकिन उसने आज तक किसी जनाना चप्पल या सैंडिल को उठाया नहीं था। ऐसा करने उसके लिए एक नया तजुर्बा होता और नया रोमांच भी बस - अब एक नए रोमांच को तलाशता वो अब गली मुहल्ले के छोटे मंदिरों के चक्कर काटने लगा, जहां कोई चौकीदार भी ना रहता हो और औरतें भी ज़्यादा आती हों।इस तरह से कुछ ही दिनों में उसने कई सारी जनाना चप्पलें सैंडिल समेट लिए और फिर आई बारी उन्हें बेचने की- सो इस दफा उसने अपनी रेहड़ी पुलिया पर लगाने की बजाए पुलिया पार कच्ची बस्ती में एक पेड़ के नीचे लगा दी। वहाँ से गुजरती औरतें भी वहीं रुक कर उसकी रेहड़ी में रखा अपने

मतलब का सामान भले इस्तेमाल किया हुआ सही पर इतने कम दामों में बिकता देख ललचा जाती और खरीद लेती। बस देखते ही देखते उसकी दुकानदारी भी अच्छी ख़ासी जम गई और आमदनी भी पहले से ज्यादा बढ़िया होने लगी। ऐसे ही एक किसी दिन उसकी रेहड़ी पर दो लड़कियां आकर रुकी और कई देर तक वहाँ रखी रंग बिरंगी चप्पलों सैंडिलों को उलट पलट कर देखती रही।उनमे से एक को एक सैंडिल का जोड़ा बहुत लुभाया। वो उसे काफी देर उलट पलट के देखती रही। उसने इस जोड़े को एक बार पहन के भी देखा जो एकदम उसके पैरों के नाप का निकला।उस लड़की ने उस सैंडिल का दाम पूछा और फिर वहाँ से चली गई। कुछ ही देर में वो वापस लौट कर आई और अपने साथ तीन चार औरतों को भी ले आई। ये देखकर कि वो लड़की अपने साथ और ग्राहकों को भी ले आयी थी ,उसे बड़ी खुशी हुई।उन सब ने आते ही उसकी रेहड़ी को घेर लिया और वो लड़की उस सैंडिल के जोड़े को हाथ में लेके बारी बारी सबको दिखाने लगी और वो औरतें भी बारी बारी उस सैंडिल को देखने लगी। ये सब देखकर उसे बड़ा अजीब लगा, महज एक सैंडिल की जोड़ी वो सब इस तरह से देख परख रहीं थीं कि जैसे की वो कोई सैंडिल नहीं बल्कि किसी ज़मीन का सौदा करने आई हों।फिर वो ये पूछने लगी कि उसे ये जोड़ी मिली कहाँ से? ये सुनते ही उसे ध्यान आया कि ये जोड़ा तो उसने कुछ रोज़ पहले ही एक मंदिर से उठाया था और हो न हो ये सैंडिल पक्का उस लड़की के ही थे जिसे वो उस रोज़ पहन के मंदिर गई थी।इससे पहले कोई और तमाशा खड़ा होता उसने बिना कुछ कहे उन सबके सामने हाथ जोड़े और वो जोड़ी उन्हे रखने के लिए और उसे जाने देने के लिए कहा और वो सब मान भी गई लेकिन सिर्फ एक जोड़ी लेके नहीं बल्कि बाकी सब चप्पलें सैंडिल ले कर।उसने उस प्लास्टिक के बोरे में जिसमे वो सारा सामान रखता था सारी चप्पलें सारे सैंडिल डाले और उन औरतों को थमा के अपनी रेहड़ी लेके जो वहाँ से निकला तो सीधा अपने घर आकर ही रुका। उसने गज़ब की फुर्ती से दरवाज़े पर लगा ताला खोला, अंदर घुस के वापस दरवाजा बंद किया और दो तीन लुटिया पानी पीकर धड़कते दिल से खटिया पर धम से पसर गया।जाले लगी छत को वो कई देर तक देखता रहा फिर एकदम से उसके चेहरे पर ये सोच के एक मुस्कान सी

उभर आई कि चाहे जो भी हुआ पर उसमें रोमांच तो बड़ा था। फिर वो उठा एक और प्लास्टिक का बोरा उठाया,घर से बाहर निकला,दरवाजे पर ताला जड़ा और अपनी रिक्शा रेहड़ी पर सवार होके एक नए रोमांच की तलाश में निकल पड़ा।

10
काली कढ़ाई

बुधराम ने प्लास्टिक के कट्टे से एक मुट्ठी सूखे मक्की के दाने निकाले और उन्हे सुलगती भट्ठी पर रखी काली कढ़ाई में तपते नमक में झोंक कर,धार खो चुकी एक दराँती के सहारे उलट पलट करने लगा।कुछ ही देर में बेरूह से दिखने वाले उन पीले सूखे दानों से तड़ तड़ा कर सफ़ेद फफोले फूटने लगे और वो बौखलाए से उस भट्ठी से बाहर निकलने की कोशिशों में जुट गए जिन्हे बुधराम ने एक लोहे की जाली लगी से ढँककर नाकामयाब कर दिया और इस जाली से टकराकर वो वापस वहीं गिरे जहां से उन्होने बाहर निकलने के पहली उछाल भरी थी।कुछ देर और चलने वाली एक बेमानी सी सुगबुगाहट के बाद उन्होने इस बगावत के बदले हासिल हुई शिकस्त को अपना मुकद्दर मान ही लिया और फिर बुधराम ने उसी जाली को उलट उन्हें समेट हुए एक ढेर में पलट दिया जहां औंधे पौंधे पड़े वो अपने खरीद दारों का इंतिज़ार करते लगे। बुधराम भी कभी उनको,कभी उस चौक से गुज़रने वालों के चेहरों को और कभी उस काली कढ़ाई को देखता रहा। ये काली कढ़ाई उसे इस शहर सी नज़र आती जहां की हौसला ओ हवास झुलसा देने वाली जद्दो जहद से बौखलाए लोग यहाँ से भाग निकलने की कोशिश तो करते लेकिन ना दिखने वाले दूर तक तने एक जाल से टकराकर वापस यहीं आ गिरते, जिनमें एक से वो खुद भी था। यहाँ इस शहर में अपना गाँव छोड़ कर आए उसे एक अर्सा बीत चुका था। ये समझने में उसे काफी वक़्त लगा

कि वक़्त बीतने के साथ साथ गाँव जितना अपना होता जाता है शहर उतना ही ज्यादा पराया और शहर तो फितरतन शहर वालों का भी कभी अपना नहीं हो पाता।वो तो उनके लिए भी उतना ही पराया साबित होता है जितना कि किसी और के लिए।इसी परायेपन से अकेले ही उलझते झुझते बुधराम उम्र का एक अहम पड़ाव गुज़ार चुका था।सुबह से लेकर देर शाम अंधेरा होने तक वो शहर के बाज़ारों चौराहों पर अपनी ठेली लगाता और इससे होने वाली रोज़मर्रा की आमदनी से वो पेट के लिए चंद रोटी, अपनी महफ़ूजगी के लिए एक अदद छत और चार दीवारों का इंतेजाम तो कर ही लेता था मगर अपनी बात सुनाने के लिए दो कान नहीं जुटा पाया था। कई दफा गाँव वापिस लौट जाने के ख्याल तो ज़हन में कुलबुलाए मगर उसके इस एकाकीपन को बांटने वाला तो वहाँ भी अब कोई नहीं बचा था। उसे गाँव लौट जाने की वजह नज़र नहीं आती थी और यहाँ रहने का कोई मक़सद समझ नहीं आता था इसी पशो पश में अटकी उसकी ज़िंदगी बिना कहीं पहुंचे बस घूमे जा रही थी ठीक इस शहर के बड़े मैदान में चल रहे मेले में लगे गोल गोल घूमने वाले एक झूले की तरह। इसी मैदान के बाहर बुधराम इन दिनों हर शाम अपने रेहड़ी लगाता और और दिनों के मुक़ाबले थोड़ी सी ज्यादा कमाई कर लेता।ऐसी ही एक शाम को जब वो मेले में आने जाने वाली भीड़ के चेहरे देख रहा था तो किसी ने उसके कुर्ते का कोना खींचा।उसने पलट के देखा तो उसे एक मैली कुचैली सी बनियान और पजामा पहने 8 या 9 साल का एक बच्चा दिखाई पड़ा। "क्या चाहिए?" बुधराम के ये पूछने पर उसने कोई जवाब नहीं दिया वो बस मकई दाने के फुल्लों को देखता रहा। बुधराम ने एक पल को उस बच्चे को गौर से देखा।बचपन की बेफीक्री, रौनक और सेहत की जगह उस बच्चे के चेहरे पर उसे फ़ाकाकशी और लाचारी के अलावा और कुछ ना दिखाई दिया। बुधराम ने जल्दी से एक कागज के लिफ़ाफ़े में मकई दाने के फुल्ले डालकर उसकी ओर बढ़ा दिये।बच्चे ने वो लिफ़ाफ़ा लपक के लिया और भीड़ में ना जाने कहाँ गायब हो गया। बुधराम काफी देर तक उस तरफ देखता रहा जहां वो बच्चा गया था। इसके बाद बुधराम रेहड़ी पर आने जाने वालों को देर शाम तक फुल्ले बेचता रहा और फिर मेला बंद हो जाने के बाद अपने घर चला गया। बुधराम की सारी रात

करवटें बदलती निकल गई उसकी जब भी आँख लगती उसे उस बच्चे का बेबस सा चेहरा दिखाई देने लगता।अगली शाम उसी जगह पर बुधराम की आँखें भीड़ में बस उसी बच्चे के चेहरे तो खोजती रही।मेला खत्म हो जाने तक वो उसका इंतज़ार करता रहा मगर वो बच्चा दुबारा उसे नहीं दिखाई दिया।फिर अगली दो शामें भी वैसी ही बीती बुधराम के ज़हन से भी उस बच्चे की सूरत के नक्श अब करीब करीब मिट चुके थे।मेले की अब आखिरी शाम थी लिहाज़ा भीड़ और बुधराम की मसरुफियत कुछ ज्यादा ही थी।मेला देर तक चला फिर धीरे धीरे भीड़ छटने लगी मेले की रोशनियां भी बुझने लगी। बुधराम ने सारा सामान बेच कर अपनी रेहड़ी को घर की ओर जाने वाली सड़क पर धकेलना शुरू कर दिया। अभी वो कुछ दूर तक ही पहुंचा था कि उसके कुर्ते का कोना किसी ने खींचा।उसने पलट कर देखा तो से वही बच्चा दिखाई पड़ा।उसके चेहरे से आज उस दिन के मुक़ाबले लाचारी कुछ ज्यादा ही झलक रही थी। बुधराम के पास उसे देने के लिए इस वक़्त कुछ नहीं था लिहाज़ा उसे "मेरे पास आज कुछ नहीं है...जा अपने घर जा" बोल कर वो आगे बढ़ता चला गया और वो बच्चा भी उसके साथ साथ ही चलता रहा।बुधराम ठिठक गया और उसने उस बच्चे को आँखें दिखाते हुए कहा "तू जाता क्यूँ नहीं?..." "कहाँ जाऊँ?...." बच्चे ने एक पतली सी मरियल सी आवाज़ में उल्टा सवाल किया "अपने घर जा....और कहाँ जाएगा?..." बुधराम उसे डांटते हुए कहा और आगे बढ़ चला। "घर नहीं है..." बच्चा बोला। बुधराम के पैर रुक गए "क्या? घर नहीं है?" बुधराम ने हैरान होते हुए कहा। "यहाँ नहीं है..." बच्चा नीचे देखते हुए बोला। "फिर कहाँ है?" बुधराम अब परेशान था। "गाँव में..." बच्चे के मुंह से बस इतना ही निकला। "और तेरे माँ बाप?" बुधराम की आवाज़ में अब नर्मी थी। "नहीं है..." बच्चे ने फिर से नीचे देखते हुए जवाब दिया। "तू यहाँ तक कैसे आया?..." बुधराम की आवाज़ कांप रही थी। "मामा कई दिन पहले बस अड्डे पर मुझे भूल गये.....अभी तक लेने नहीं आए........." ये सुनकर बुधराम का सिर चकरा गया। "कहाँ जाएगा?..." बुधराम ने नर्मी से पूछा। "पता नहीं..." बच्चा नीचे देखते हुए बोला।बुधराम कुछ देर तक सोचता रहा और फिर बोला "मेरे साथ चलेगा?" "कहाँ ?" "मेरे घर...." ये सुनकर बच्चा कुछ ना बोला और

उसने बस बुधराम के कुर्ते का कोना कस के पकड़ लिया। इतने सालों में बुधराम को आज पहली बार इस शहर का परायापन कुछ कम सा होता महसूस होने लगा था।उसने मुस्कुराते हुए उस बच्चे को देखा और मुस्कुराते हुए ही रेहड़ी

11

मक़ाम

अपने घर के बरामदे में कुर्सी डालकर धीमे धीमे आसमान से उतरती बूंदों की बनती एक झालर के पार मास्टर ब्रह्मानन्द अपने उस घर के लॉन में लगे उन दरख्तों को देख रहे थे जिनको कभी उन्होने तब लगाया था जब वो नन्हें नन्हें पौधे थे। वो उन पौधों को बड़े प्यार से बड़े नाज़ों से तब तक पालते रहे जब तब वो पौधे अपनी जड़ों पे खुद खड़े होने के काबिल ना बन गए। उन पौधों की जड़ें जितनी गहरी उतरती गईं उतनी जमती गईं और वो उतने ही ज़मीन से ऊपर उठते गए।कुछ ऐसा ही मास्टर ब्रह्मानन्द के साथ भी हुआ उनके भी पैर यहाँ जमते गए वो औरों के ज़हन में गहरे उतरते गए और नज़रों में उठते गए लेकिन जड़ों में और पैरों एक फर्क होता है। जड़ें अगर जम जाएँ पेड़ अपनी जगह से हिल नहीं पाता मगर पैर अगर जम भी जाएँ तो इंसान चाहकर भी टिक नहीं पाता। उनके ना चाहते हुए भी मास्टर ब्रह्मानन्द की ज़िंदगी में वो मक़ाम आ चुका जब उनको अब यहाँ से जाना था। उन्होने अपने ज़िंदगी के 35 साल 2 4 8 10 या 20 नहीं बल्कि पूरे 35 साल यहाँ रह कर बिताए। यानि की उनकी अब की उम्र से ये 35 साल घटा दें तो जितनी उम्र बचती है तो वो उस उम्र में यहाँ आए थे। जब पहली बार वो इस कस्बे के बस अड्डे पर बस से उतरे थे तो ये कस्बा कस्बा भी नहीं था।पर जब से इस कस्बे को शहर की हवा लगी तब से ये न कस्बा रहा न शहर बन पाया और शहर और कस्बे में फर्क जानने वाले ये तय नहीं पाए की ये शहर है या कस्बा

और इस फर्क को ना जानने वाले अपनी अपनी समझ से कभी इसे शहर समझ बैठते कभी कस्बा।पर ये तो तय है जिस रोज़ ब्रह्मानन्द यहाँ आए ये शहर तो हरगिज़ नहीं था हाँ कुछ उम्मीदज़दा लोग इसे कस्बा ही कह लेते थे।तब था क्या यहाँ? बाज़ार के नाम पे बस अड्डे के सामने एक ढाबा ,दो एक परचून की दुकानें, एक दो फल सब्जी के ठेले, एक साइकिल ठीक करने वाला मिस्त्री और एक हजामती वो भी एक बड़े से पेड़ के नीचे कुर्सी लगा कर इक्का दुक्का लोगों की हजामत किया करता था, बस।पर ब्रह्मानन्द इतनी दूर से यहाँ ना तो साइकिल ठीक करवाने आए थे और न ही हजामत करवाने। उनकी तो मंज़िल थी विध्याआश्रम उन्हें यहाँ अँग्रेजी भाषा पढ़ाने की नौकरी मिली थी।विध्याआश्रम हर लिहाज से बड़ा स्कूल था नाम और रुतबे में भी और अपने फैलाव में भी। सब पढ़ने वाले और पढ़ाने वाले यहीं स्कूल के अंदर ही रहते थे।अपने आप में विध्याआश्रम एक बड़े कुनबे से कम नहीं था और इस कुनबे का हिस्सा बनते ही ब्रह्मानन्द , ब्रह्मानन्द से मास्टर ब्रह्मानन्द बन गए।वो यहाँ के माहौल में यहाँ की आबो हवा में ऐसे रमे ऐसे रमे के बाकी बाहर की दीन दुनिया से छूट ही गए। अपने शागिर्दों के तो वो खासे चहेते बन गए। एक तो अच्छा खासा डील डौल, रोबदार दमदार आवाज़, 6 फुट से ज़रा ज्यादा ही ऊंचा कद और ऊपर से अँग्रेजी भाषा के कमाल के उस्ताद। अपने कद बुत आवाज़ के लिहाज़ से एक तरफ तो वो शागिर्दों के मन में खौफ पैदा करते और दूसरी तरफ अपनी उस्तादी और मिलनसार बर्ताव से उनके दिल में इज्ज़त और प्यार।क्योंकि मास्टर ब्रह्मानन्द यहाँ अकेले रहते थे इसलिए हर शाम उनके साथ काम करने वाले दूसरे उस्ताद उनके घर में डेरा डाल लेते और देर रात तक खाने पीने हंसी ठट्ठे की महफिलें खूब सजती।बस यूंही एक के बाद एक न जाने कितने साल गुजरते रहे। मास्टर ब्रह्मानन्द को इस तरह से जीने की ऐसी लत पड़ी की उन्होने शादी तक नहीं की। शुरू शुरू में जब वो यहाँ आए तो लोगों के हिसाब से वो कुँवारे माने जाते थे फिर धीरे धीरे उनको छड़ा मलंग माना जाने लगा, जब उम्र और बढ़ी तो वो अविवाहित ही कहलाए जाने लगे और फिर बढ़ती उम्र का असर जिस्म पर भी झलकने लगा।वैसे तो वो पहले से ही अच्छे खासे लंबे थे पर शायद उनका सर कुछ और ऊपर

उठना चाहता था इसलिए वो उनके घने काले बालों को एक तरफ झाड़ता हुआ बाहर निकल आया।उसके बाद तो मास्टर ब्रह्मानन्द के छिले हुए सिर को तो कोई टोपी ही ढँककर सकी, पेट और छाती बीच लगी पुरानी होड़ में पेट आगे निकल गया और आखिरकार वो पीछे अकेले ही रह गए।

और इस वक़्त जब रात और नींद के बहकावे में आकर आस पास के सभी घरों में रहने वाले अपने परिवारों से साथ दुबके पड़े थे मास्टर ब्रह्मानन्द अकेले ही अपने घर के बरमादे के छोटे से बल्ब की मंद रोशनी में बैठे शायद इस पल पल बीतती रात को जगती आँखों से रोकने की कोशिश कर रहे थे।उनका मन अंदर कमरों में घुसने से घबरा रहा था। अकेले रह रह कर मास्टर ब्रह्मानन्द को चीजों से, सामान से और चीजों को, सामान को मास्टर ब्रह्मानन्द से लगाव सा हो गया था और जिन कमरों को उन्होने से बड़ी शिद्दत से इन चीजों और सामान से सहेजा संवरा सजाया था उन्हीं कमरों में उन्हीं कमरों का सारा सामान बड़े बड़े गत्ते के डब्बों में संदूको में कपड़े की गठरियों में ऐसे लिपटा पड़ा था जैसे कोई मुर्दा ताबूत या कफन में पड़ा हो और जब मुर्दा घर के अंदर हो तो घर के लोग बाहर ही तो बैठ जनाज़ा उठाने की तैयारी करते हैं।इस घर का सामान तो डब्बों में संदूकों में गठरियों में जैसे तैसे समा गया था पर उन पलों उन लम्हों का क्या जो उन्होने ने इस घर में रह कर बिताए थे? और उस पेड़ का साया जो उनकी देख रेख की वजह से साया दार बना था उस साये का क्या? और बाहर की दीवार को चिपक चिपक के लिपट लिपट के वो रात की रानी के बेल जो उनके देखते देखते छत तक जा पहुंची थी उसके फूलों से उठने वाली महक जिसे वो अभी भी अपनी हर आती सांस से साथ अपने अंदर तक जज़्ब कर रहे थे उसका क्या? वो सब किस डब्बे किस सन्दूक किस गठरी में समाते? 35 साल, 35 साल ये मास्टर ब्रह्मानन्द का घर था और कल सुबह मास्टर ब्रह्मानन्द के ये घर खाली करते ही फिर से घर तब तक एक मकान होके रह जाएगा जब तक कोई इसे फिर से घर नहीं बना देता, हाँ तब ये घर तो जरूर बनेगा पर किसी और का।मास्टर ब्रह्मानन्द पिछले कई रोज़ से इस दिन के अंदर अंदर टल जाने की सी दुआ करते रहे।उनकी अपनी हद में वो कर सकते थे उन्होने वो किया पहले तो उन लोगों से जो इस संस्था के मालिक थे

या उसे चलाने वाले थे कुछ वक़्त और काम करते रहने की गुज़ारिश की। पर उन सबने उनको उनकी उम्र और संस्था के उसूलों का हवाला दे डाला जिसके मुताबिक कोई भी मुलाज़िम 60 के बाद यहाँ काम नहीं कर सकता था और लिहाज़ा नौकरी के साथ मिला हुआ ये मकान भी उन्हे छोड़ना पड़ता।ऐसा नहीं है कि वो ये जानते नहीं थे पर जानने में और में समझने में जो फर्क होता है वो खुद ये समझ नहीं पा रहे थे। जितनी रात निकलती जा रही थी नींद उतनी ही उनकी आँखों से फिसलती जा रही थी।बरामदे से उठकर पानी पीने वो रसोई की ओर चले। रास्ते में सबसे पहले इस मकान वो सबसे बड़े वाला कमरा पड़ता था। आगे बढ़ने से पहले वो कुछ पल वहीं ठिठक गए।इस कमरे की दीवारों को उन्होने ने बड़े जहीनता से सजाया था।उनकी अपनी पसंद के रंगो से रँगवाई गई दीवारें बिल्कुल बेरंगी लग रही थी।एक बड़ी सी पेंटिंग जो एक दीवार के बीचों बीच लगाई गई थी अब एक गत्ते के डिब्बे में बंद पड़ी थी और दीवार पर वो कीलें रह गई थीं जिनके सिर पर वो टंगी हुई थी। कमरे का वो कोना जो एक बड़े गुलदान के दम से आबाद था, अब बिलकुल सूना पड़ा था।पर इस साल का कलेंडर अभी भी वहाँ मौजूद था।वो उसके नजदीक जाकर खड़े रहे और देर तक उसे घूरते रहे इस उम्मीद से के शायद इस पर छपे साल महीने तारीखों गलत छपें हों और उनके जाने में शायद अभी और वक़्त बचा हो।फिर एक दम से वो वापस बरामदे में आए जहां उन्होने रद्दी पुरानी अखबारों कागजों और किताबों ढेर रखा हुआ था उसी ढेर में से वो एक दो साल पुराना केलेंडर निकाल लाये और उसे उस मौजूदा केलेंडर की जगह लगा दिया।फिर काफी देर तक उसे देख देख कर ये सोच कर जी बहलाते रहे की अभी तो दो साल और पड़े है। और फिर उसी झोंक में उन्होने उन बंद पड़े डब्बों में से एक को खोल कर दीवार घड़ी निकली और 6-7 घंटे पीछे फिरा के उसे दीवार पर टांग के ये सोचने लगे की चलो अभी तो रात बीतने में काफी वक़्त पड़ा है।इंसान वक़्त की पूंछ भले ही पकड़ ले पर उस पर सवार कतई नहीं हो सकता।वो पुराने केलेंडर को टांग और दीवार घड़ी को पीछे करके वक़्त की पूंछ पकड़ के उसे काबू करने की एक निहायत ही नाकामयाब और एक बेवक़ूफ़ाना मगर मासूम सी कोशिश करते, मगर कुचाले भरके भागता वक़्त उन्हे दूर तक देर तक घसीटा

रहा और जब उन्होने इस पर सवार होने की कोशिश की उसने उन्हे उठा कर पटक डाला।उसी पटकन से लगी चोटों को मास्टर ब्रह्मानन्द अकेले खड़े खुद ही सहलाते रहे और जब उनसे दर्द बर्दाश्त न हुआ तो उन्होने ने उस केलेंडर को दीवार घड़ी को उतार दिया और उस कमरे से आगे न बढ़ के वापस वहीं बरामदे में आ बैठे।बादल बूंदों की झालर समेट के अब किसी और दिशा में चल दिये। उनके जाते ही गहरे नीले आसमान के कोनों का रंग धीरे धीरे हल्का होने लगा।कुछ ही देर में उफ़क़ की काली बख़ियाँ सूरज की पैनी किरणों से उधड़ने लगी और हल्के संतरिया रंग के इशारे की इंतज़ार में घोंसलों में पेड़ों में दुबके पड़े परिंदे सुबह होने का ऐलान करते हुए आकाश की बुलंदियों और अपने हौंसलों को फिर परखने उड़ चले।रोज़ इसी वक़्त मास्टर ब्रह्मानन्द भी जग जाते और मुंह हाथ धोकर सैर वाले जूते पहन कर एक हाथ में एक छोटी सी पोटली उठाकर सैर को निकल जाते और रास्ते में जहां तहां बारीक बारीक सूराखों में जिनमें चिटीयाँ रहती थी पोटली से आटा निकाल उनके घरों तक उनका सुबह का नाश्ता पहुंचाते।पर आज उन्हें इस सुबह जगने की जरूरत ही नहीं पड़ी।उनका बस नहीं चला वरना वो ये सुबह आने ही ना देते।वो उसी तरह वहीं बैठे रहे दिन निकलने में जो थोड़ी बहुत कसर बची थी वो अब पूरी हो चुकी थी।आस पास के घर के कमरों से अलार्म घड़ी की घंटियों की,रसोई घरों से कुकर की सीटियाँ बजने की,गुसलखानों के नल से पानी बाल्टियों में गिरने की आवाज़े और साबुन की खुशबू के साथ कई तरह की हलचलों की आहटें आने लगी थी।एक हलचल मास्टर ब्रह्मानन्द के अंदर भी हो रही थी जिसकी कोई आवाज़ नहीं थी लेकिन उसका अहसास उन्हें अब यहाँ बैठने भी नहीं दे रहा था।वो उठ के अंदर चले गए और एक तख्तपोश पर जिसे उन्होने अभी तक समेटा नहीं था लेट गए।तकिये पर सर टिकते ही सारी रात एक पैर पर खड़ी पलकों को कुछ आराम मिला।कुछ ही देर में मास्टर ब्रह्मानन्द स्कूल में चल रही सुबह की असेंबली में आँखें बंदकर हाथ जोड़ कर खड़े थे और बच्चों से भी ज्यादा ज़ोर ज़ोर से प्रार्थना गा रहे थे।उनकी आवाज़ से और बच्चों का ध्यान भटकने लगा पर उनकी आवाज़ और तेज़ और तेज़ होती गई उनके साथी उन्हें चुप कराने की कोशिश करते हुए उन्हे "मास्टर जी रुक जाओ...

मास्टर जी रुक जाओ" कहने लगे पर उन्होने अपनी आँखें नहीं खोली। फिर पता नहीं कहाँ से स्कूल का चपरासी दौड़ा दौड़ा आया और उनके कंधे झिंझोड़ने लगा उसके ऐसा करते ही उन्होने आँखें खोली तो देखा कि वो चपरासी वहाँ नहीं था और वो स्कूल में नहीं उसी तख्तपोश पर ही लेते हुए थे। उनके माथे के पसीने और मुंह से गिरती लार से तकिया भीगा हुआ था।करवट ले कर वो उठे और वहीं कुछ देर बैठे रहे। इस कमरे में भी वही नज़ारा था जो दूसरे कमरे में था।वही डब्बे वही गठरियाँ। उन्हे पता नहीं था कि क्या वक़्त हुआ है? क्योंकि इस घर की सारी घड़ियाँ उन्होने ने डब्बों में बंद कर दीं थी।पर उन्हे ये पता था कि कुछ ही देर में एक छोटा ट्रक उनके घर के बाहर आ खड़ा होगा और उसमें उतर कुछ मज़दूर ये सारा सामान एक एक करके उसमें लाद देंगे और ये घर खाली मकान बन के रह जाएगा जिसके दरवाजों पर इस संस्था का कोई मुलाज़िम ताले जड़ कर चाबियाँ अपने साथ ले जाएगा।फिर वो खुद उसी ट्रक में आगे ड्राइवर के साथ बैठ कर विध्याआश्रम के उसी बड़े से गेट से जिसमें वो आज से 35 साल पहले पहली बार दाखिल हुये थे सदा के लिए बाहर निकल जाएंगे।बस यही सब सोचते सोचते वो उस भीगे हुए तकिये को उलट कर उस पर सिर टिका कर लेट गए और आँखें मूँद उस ट्रक के आने का इंतिज़ार करते रहे।

12

नाम क्या है?

"दूध....दूध....."साइकिल की घंटी की आवाज़ों में घुली उसकी इस आवाज़ की बदौलत मकान न॰ 53 का जालीदार दरवाजा खुला और नाइट गाउन पहने सिर पर दुपट्टा ओढ़े एक अधेड़ औरत हाथ में स्टील का पतीला पकड़े बाहर आई और कुछ पल आवाज़ देने वाले को भंवे सिकोड़ देखने के बाद बोली "कौन हो भई?" "कथूरिया जी के यहाँ से...." ये सुनकर वो आगे बढ़ी और पतीला आगे बढ़ाते हुए बोली "डेढ़.... नए हो ?वो कहाँ गया जो पहले आता था...." साइकिल के कैरियर पर लदे दूध के ड्रम से आधे किलो के नाप से तीन बार दूध पतीले में उड़ेल कर ड्रम का ढक्कन ठोक के बंद करने के बाद वो बस इतना ही बोला "पता नहीं...." "क्या नहीं पता तुम नए हो या वो पहले वाला कहाँ गया?....." औरत का लहज़ा मज़ाकिया था। "जी मैं नया हूँ....और उसका मुझे नहीं पता....."उसके होंठ हल्के से फैलकर वापिस वैसे ही हो गए जैसे थे।"नाम क्या है?...." उस औरत का ये सवाल सुनकर वो कुछ सोचने लगा। "क्या? नाम भी नहीं पता या अभी तक रखा ही नहीं हैं?" पता नहीं वो औरत उसे छेड़ रही थी या ताना मार रही थी पर जो भी था थोड़ा सा शर्मिंदा होते हुए वो बस इतना ही बोला "सतवीर...." और साइकिल वापिस मोड़ कर उस पर सवार हो वो उस गली से निकल गया और उसके बाद दिन के करीब करीब 11 बजे तक ऐसी कुछ गलियों में कुछ मकानों की घंटियाँ बजा लेने,कुंडिया खड़का लेने के बाद तकरीबन दो गलियाँ और एक छोटा

बाज़ार पार करके उसने उस दुकान के सामने साइकिल रोकी जिसके बोर्ड पर "कथूरिया डेरी" और खुले शटर के पास वाली दीवार पर लिखा था "यहाँ ताज़ा दूध दही पनीर घी मक्खन खोआ हर समय तैयार मिलते है.....विवाह शादी के लिए ऑर्डर बुक करवाने के लिए पधारें......"। "हाँ भई आ गया....सप्लाई हो गई ना?...."दुकान के अंदर बिछे एक तख्तपोश पर बैठे एक लाल रंग के बही खाते से नज़रें ऊपर उठा कर दुकान के मालिक कथूरिया जी ने पूछा।"जी..." दूध का खाली ड्रम साइकिल से उतार कर दुकान के अंदर ले जाते हुए सतवीर ने जवाब दिया। "कोई दिक्कत.....किसी ने कुछ कहा?" कथूरिया जी बही बंद करके उसकी जिल्द से जुड़े सफ़ेद रंग के लंबे सूत को उससे लपेटते हुए पूछा।"बस वो 53 न॰ वाली आंटी जी नाम पूछ रही थी..."सतवीर खाली ड्रम धोते बोला।"क्या कहा फिर तूने?"तख्तपोश से उतर कर चप्पल डालते हुए कथूरिया जी ने पूछा। "सतवीर....." ये कहा कर सतवीर ने ड्रम दीवार के सहारे उल्टा कर के रख दिया और ऊपर चढ़े हुए पैंट के पौंचे नीचे करने लगा।"चल....तू अब घर जा....रोटी राटी खा ले....और मेरी लेता आइयो....घर का रास्ता ध्यान है ना....भूल तो नहीं गया?...." ये बोलते हुए कथूरिया जी ने दोनों बाहें ऊपर उठाके अंगड़ाई और पूरा मुँह खोल कर उबासी ली और सतवीर साइकिल पर सवार हो कर कथूरिया जी के घर की ओर चल पड़ा।

"मम्मी....वो दुकान वाला लड़का आया है...."सतवीर को दरवाज़े पर खड़ा देख कर कथूरिया जी के बेटे ने पलंग पर बैठी टीवी देखती कथूरिया जी की बीवी कृष्णा से कहा। "तू एक काम कर बरामदे में एक कुर्सी और स्टूल रख दे और पंखा चला दे...."ये कहती हुए वो पलंग से उठकर रसोई की ओर चल दी।

"और कुछ चाहिए?" स्टूल पर एक थाली जिसमे एक कटोरी दाल,चार रोटियाँ और प्याज के कुछ कटे हुए टुकड़े थे,रखते हुए कृष्णा बोली। सतवीर ने बिना कुछ बोले सिर्फ ना में सिर हिलाया और रोटी का एक कौर तोड़ कर दाल में डूबोते हुए इसका निवाला बनाने लगा। कुछ ही देर में वो औरत एक हाथ में एक लोटा और एक थैला ले कर आई और बोली "पानी लेले....और ये थैला दुकान पर ले जाइयो....रात को तू कितने

बजे आयेगा...." "नौ सवा नौ...."लोटे से थोड़ा पानी गटक कर सतवीर ने कहा।ये सिलसिला तकरीबन रोज़ाना चलता रहा। हर रोज़ सुबह सतवीर कथूरिया डेरी से एक बड़ा सा दूध का भरा ड्रम साइकिल पर लाद कर निकलता और घरों में और कुछ चाय की दुकानों पर दूध बांट कर खाली ड्रम दुकान पर लाकर उसे धोकर,कथूरिया जी के घर जा कर रोटी खा कर और उनके लिए लेकर आता और उसके बाद दुकान पर सारे कामों में कथूरिया जी का हाथ बटा कर देर शाम फिर से उनके घर से रोटी खा कर अपने कमरे पर जहां उसके अलावा पाँच लोग और भी रहते थे सोने चला जाता।

"सुन...कल से सब्जी में प्याज़ लहसुन नहीं डलेंगे और कच्चे प्याज़ भी नहीं खाने को मिलेंगे...नवरात्रे शुरू हैं न...तू नवरात्रे के व्रत करता है क्या?...." कृष्णा ने थाली स्टूल पर रखते हुए एक दिन सतवीर से कहा। "नहीं...व्रत तो नहीं करता...."सतवीर ने रोटी का निवाला बनाते हुए कहा।"तेरे अंकल भी नहीं करते....मैं भी बस पहला और आख़िरी व्रत ही करती हूँ...अच्छा ध्यान रखियो बाहर से भी कोई प्याज लहसुन वाली चीज़ खाके मत आइयो...." रोटी का एक कौर तोड़ते हुए सतवीर ने कृष्णा की बात का जवाब "ठीक है..." कह कर दिया। रोज़मर्रा के तरह तकरीबन एक हफ्ते के बाद रात का खाना खाने सतवीर जब कथूरियाजी के घर पहुँचा तो रोटी सब्जी की जगह छः पूरी, हलवा, सूखे चने और एक कटोरी खीर वाली थाली कृष्णा सतवीर के सामने रखते हुए बोली "प्रसाद है....अष्टमी का....मैं हमेशा शाम को कंजके बिठाती हूँ...." और "पूरी और चाहिए तो बता दियो..." कहकर अंदर चली गई। कुछ देर जब वो वापिस लौटी तो उसके हाथ में पानी का लोटा था "आंटी जी खीर बहुत बढ़िया है...."सतवीर के ऐसा कहते ही कृष्णा का अक्सर खींचा सा रहने वाला चेहरा खिल उठा "और लेगा?..." "नहीं आंटी जी..."खीर से भरा आख़िरी चम्मच मुंह में डालते हुए सतवीर ने कहा। "तेरा गाँव कौन सा है?" कृष्णा लोटा सतवीर के सामने रखे स्टूल पर रखते हुए बोली। "हरदार..."सतवीर ने लोटा उठाते हुए कहा। "हरिद्वार?...." कृष्णा का लहज़ा सवालिया था। "हरिद्वार नहीं आंटीजी....हरदार....अरारिया जिला...बिहार....हरिद्वार तो उत्तराखंड में है ना....."सतवीर ने लोटे से

पानी मुंह में उढ़ेलकर उसे मुंह में घुमा लेने के बाद कहा। "अच्छा...अच्छा... "कृष्णा समझ जाने के अंदाज़ में बोली "और तेरे पिता जी क्या करते हैं?....घर में और कौन है?...." "अब्बा दर्ज़ी थे और....." इससे पहले सतवीर कुछ और बोल पाता कृष्णा ने उसे टोकते हुए पूछा "कौन? कौन क्या थे....." सतवीर को कृष्णा का चेहरा पहले से कहीं ज्यादा खींचा नज़र आया। "पिता जी...पिता जी दर्ज़ी थे...."वो हड़बड़ाता सा बोला। "नहीं पहले क्या बोला था तू?...." "जी वो हमारे यहाँ सभी पिताजी को अब्बा ही कहते हैं......" ये बोलते हुए सतवीर कृष्णा के माथे पर उभरी सलवटें गिन पा रहा था , "मैं चलता हूँ...." लोटा स्टूल पर रख कर सतवीर ने घर से बाहर निकलने में गजब की फुर्ती दिखाई। दुकान बंद करके जब कथूरिया जी घर आये तो उनकी नज़र बरामदे में रखे स्टूल पर रखी खाली थाली और लोटे पर पड़ी।जिसे उन्होने उठा कर बाहर आँगन में लगे नलके के नीचे रख दिया जहां अक्सर उन्हे ये सब धुला हुआ पड़ा मिलता था।

"नाम क्या है?...."पूरी खाते हुए कथूरिया जी से कृष्णा ने पूछा। "किसका...?" "उसी, तुम्हारे सतवीर का?" "अरे कमाल करती हो....नाम ले भी रही हो और पूछ भी रही हो...." कथूरिया जी पूरी चबाते चबाते मुस्कुरा भी रहे थे।"सही नाम क्या है?...."सतवीर के बाद कृष्णा के माथे पर उभरी सलवटें गिनने की बारी अब कथूरिया जी की थी। "शब्बीर..." कथूरिया जी की पूरी चबाने की चपचप की आवाज़ के साथ ये भी निकला। "तो तुम्हें पता था..." कृष्णा ने फुँकारते हुए कहा "कल से उसकी रोटी का कहीं और इंतजाम करो...." ये सुनकर कथूरिया जी के मुंह से आने वाली चप चप की आवाज़ बंद हो गई और कुछ पल छत की ओर देखने के बाद वो बड़े ही दानिशवराना अंदाज़ में बोले "तेरी बनाई रोटियाँ ये नहीं जानती की वो किसके पेट में पड़ रही हैं.....भूख नाम देख नहीं लगती....ये तो सतवीर की अंतड़ियाँ उतनी ही जलाती हैं जितनी की शब्बीर की...."इतना बोल कर वो कुछ देर को रुक गए और फिर बोले "पता है कितना काम करता है वो?....सुबह दूध की सारी सप्लाई....क्रीम निकालना, घी, खोआ, पनीर ये सब बनाना....फिर इर्मों की धुलाई और दुकान की साफ सफाई.... दो वक़्त की रोटी,चाय पानी का

खर्चा, महीने की तनख्वाह और दो मीठे बोल इससे ज्यादा नहीं मांगते ये पूरबीए....सब मिलाके भी सस्ता पड़ रहा है अपने को....समझी...." ये बोल कर वो फिर से पूरी का टुकड़ा तोड़ने लगे। "फिर नाम क्यों बदला?..." "पता है ना किनके घरों में दूध की सप्लाई करते हैं हम ?...."कृष्णा अपने सवाल का ये जवाब पाकर एक बार को चुप हो गई और फिर बोली "कम से कम मुझे तो बता देते...." "ढाबे की रोटियों का खर्चा भी तो देखना था मुझे ...." खीर का एक चम्मच भरते हुए कथूरिया जी ने कहा। ये सुन कर कृष्णा कुछ पल खामोश रही और ये बोलकर "सच में बड़ी मेहनत करता है बेचारा.....कल से पाँच रोटी बना दूँगी.... आपके लिए एक पूरी और ले आती हूँ " , रसोई में चली गई और कथूरिया जी खीर के चम्मच पे चम्मच भरते रहे।

13

किसका सच कितना सच

उसने डोर बेल बजाई-एक बार दो बार तीन बार मगर किसी ने दरवाजा नहीं खोला।कुछ पल इंतिज़ार करने के बाद उसने जैसे ही चौथी बार बेल बजाने के लिए हाथ आगे बढ़ाया दरवाज़ा खुल गया और एक कोई 18-19 साल की लड़की ने अधखुले दरवाज़े बाहर झाँकते हुए कहा "हाँ जी...बोलिए...." उसका चेहरा देख कर उसके मुँह से अनायास ही निकल गया "चेतना जी..."।

"मम्मी तो नहीं है...आप कौन?..."

"मैं मंगेश...."

"मंगेश?"

"मैं बिलासपुर से आया हूँ...चेतना जी से मिलना था...."

"अच्छा अच्छा ....बिलासपुर से हैं.......मम्मी मार्केट गई है.....थोड़ी देर में आ जाएंगी.... अंदर आईए अंकल...." ये कहकर उस लड़की ने दरवाजा पूरा खोल दिया।

"नहीं मैं बाद में आ जाऊँगा..."

"अरे नहीं अंकल अंदर आ जाइए...मम्मी बस आने ही वाली हैं....." ये कहकर वो लड़की दरवाजे से हट के खड़ी हो गई।

मंगेश पहले थोड़ा सा झिझका फिर दरवाजे की दहलीज़ लांघ के घर के अंदर दाखिल हो गया।

"आईए अंकल... बैठिये प्लीज़...." लड़की ने घर की बैठक का पंखा चालू करते हुए कहा और खुद बाहर निकल गई।

इस घर की बैठक और घरों की बैठकों से बिलकुल भी अलग नहीं थी।जरा सी संकरी, खिड़की दरवाजों पर बूटेदार पर्दे, वैसा ही सोफ़ा सेट,एक दीवान और इनके बीच एक मेज़। दीवारों पर सजावट के लिए टंगी एक दो पेंटिंग,दीवार में बनी तीन खानों एक अल्मारी,जिसके ऊपर वाले खाने में प्लास्टिक के गुलदान में रखे प्लास्टिक के फूल,बीच वाले खाने में कुछ फोटो फ्रेम और तीसरे खाने में कुछ किताबें।

"आप चाय लेंगे अंकल?" लड़की ने एक पानी के गिलास वाली ट्रे मंगेश की ओर बढ़ाते हुए पूछा।

"नहीं...प्लीज़ आप कोई तकलीफ मत कीजिये...."मंगेश ने गिलास का पूरा पानी गटक कर खाली ट्रे में वापस रखते हुए कहा।

"आप मम्मी के रिलेटिव हैं?..." लड़की ने दीवान पर बैठते हुए पूछा।

ये सुनकर मंगेश कुछ सोच में पड़ गया। वो इसका जवाब वो क्या देता।अगर वो हाँ कहता तो किस बिना पे और ना भी कैसे कहता।

"सॉरी अंकल ऐक्चुली मैं मम्मी के सारे रिलेटिव्स को जानती भी नहीं...छोटी थी तब बस नानी के यहाँ जाती थी फिर बोर्डिंग चली गई अभी भी हॉस्टल में ही हूँ...." इससे पहले मंगेश कुछ कह पाता लड़की ने ये कहकर बात का रुख मोड़ दिया

"कहाँ क्या पढ़ती हैं आप?..."

"जेआईईटी जमशेदपुर....मैंने अभी बी. टेक. फ़र्स्ट इयर के एग्ज़ाम दिये हैं...अभी छुट्टियाँ हैं इस लिए यहाँ हूँ...."

"नाम क्या है आपका?...."

"मनस्वी..." लड़की ने चहकते हुए कहा।

इससे पहले बातों का सिलसिला आगे बढ़ता दरवाज़े की घंटी की आवाज़ सुनाई दी।

"लगता है मम्मी आ गई..." ये कहकर मनस्वी बाहर की ओर लपकी और मंगेश का कलेजा मुंह को।

"इतना सब कुछ क्या ले आई?...."

"अरे बार बार नहीं जाना पड़ेगा...."

"ये मुझे दे दो ...आप ड्राइंग रूम में जाओ...आपसे कोई मिलने आया है बिलासपुर से...."

मंगेश अंदर बैठक में बैठा इन आवाज़ों को साफ सुन पा रहा था।

"बिलासपुर से कौन आ गया भई?...." ये कहते कहते जैसे ही चेतना बैठक में दाखिल हुई मंगेश उठ खड़ा हुआ।

अपने सामने चेतना को इतने अरसे बाद खड़े देख उसके मुंह से कुछ ना फूटा वो बस चुप चाप बुत की तरह खड़ा रहा।

चेतना की सिकुड़ी भंवे बता रही थी कि चेतना को उसे पहचानने में काफी मशक़्क़त लग रही।

"चेतना जी पहचाना नहीं?"

"मंगेश?" चेतना की आँखें फैल गईं और सिकुड़ी भंवें सीधी हो गईं।

"इतने बरसों बाद....बैठो बैठो...." दीवान पर बैठते हुए चेतना ने कहा।

"शुक्र है पहचाना तो ...."मंगेश ने एक खिसियानी सी मुस्कान देते हुए कहा।

"पहचानती कैसे नहीं.....तुम्हारे अलावा मुझे आज तक किसी ने चेतना जी कहा ही नहीं....पर तुम काफी बदल गए तो...पहले तो इतने मोटे नहीं थे.....लगता है बीवी खूब माल खिलाती है....." चेतना दाँत फाड़ते हुए बोली ये सुनकर मंगेश झल्ला सा गया।

"शादी नहीं की....." थोड़ा रूखा सा जवाब दिया मंगेश ने।

"क्यूँ कोई पसंद नहीं आई क्या?" चेतना की भंवें फिर से सिकुड़ गईं। अब इस बात का वो क्या जवाब देता। वो कैसे कहता कि उसकी पहली और आखिरी पसंद कौन थी।

"नहीं ऐसा कुछ नहीं है....बस ऐसे ही ठीक है...." मंगेश ने सामने दीवार पर टंगी पेंटिंग की ओर देखते हुए कहा।

"अच्छा चाय पी तुमने....मन्नी ए मन्नी....." चेतना मनस्वी को पुकारते हुए बोले ये सुनकर मनस्वी अंदर आ खड़ी खड़ी हुई।

"हाँ मम्मी..."

"चाय पूछी तूने अंकल से....चल अब फटाफट दो कप बना ला कड़क ..."

"रहने दीजिये...."मंगेश सकुचाता सा बोला जिसे चेतना ने अनसुना सा कर दिया।

"और बताओ...इतने सालों बाद आज कैसे याद किया....."

अब मंगेश कैसे बताता कि इतने तक साल उसने चेतनाजी को बस याद ही तो किया।

"बस यहाँ आ था....नई ब्रांच खुली है यहाँ एसबीआई की मुआइना करने आया था...." ये कहने के अलावा उसके पास इस वक़्त था भी क्या। जो कहना था वो तो बीते वक़्त के साथ कब का बेमानी हो कर बस एक कलेजे में गढ़ी फांस बन के रह चुका था जिसकी टसक आज भी रह रह कर उठती रहती थी और जब बढ़ती उम्र के साथ बर्दाश्त करना मुश्किल गया तो वो यहाँ चला आया।

"तुम बैंक में हो?...."

बिना कुछ बोले मंगेश ने बस हाँ में सिर हिला दिया।

"मम्मी बिस्कुट कहाँ हैं?...."

"अरे अभी जो मैं सौदे लायी हूँ ना उसी थैले में हैं....."

ये सुनकर मंगेश की आँखों के सामने उन दिनों के मंज़र उभरने लगे जब चेतना जी एक बड़ा सा झोला लेकर मंगेश के पिताजी के किराना स्टोर पे समान खरीदने आती थी और मंगेश उस भरे झोले को उसके घर तक छोड़ने जाया करता था।

"सौदे?" मनस्वी को शायद इस का मतलब नहीं पता था।

"ग्रोसरी बेटा ग्रोसरी" चेतना ने गर्दन हिलाते हुए कहा।

"ओह..." मतलब समझकर मनस्वी चली गई।

"आप अभी भी सौदे खुद ही लाती हैं...."

"तो फिर कौन लाये?....मन्नी को तो यहाँ के बाज़ार के बारे में पता नहीं.....और कौन जाए? ....."

"क्यूँ आपके?...."मंगेश ने जुमला अधूरा ही छोड़ दिया।

"ये तो सुबह सुबह ही निकल जाते और देर तक ही आते हैं....." ये कहकर चेतना का अभी तक खिला खिला सा लगने वाला चेहरा सिकुड़ने

लगा।

"कहाँ?...."

"स्टुडियो...फोटोग्राफर हैं....यहीं बस अड्डे के सामने....अशोका फोटो स्टुडियो...."चेहरा थोड़ा और सिकुड़ गया।

"अच्छा....फोटोग्राफर हैं.....लोकेशन तो बड़ी सही है स्टुडियो की..... काम अच्छा चलता होगा...."

"ठीक है बस चल रहा है...."जिस तरह से चेतना जी ये ने बोला मंगेश कुछ कुछ समझने लगा।

"मम्मी चाय...." मनस्वी ने मेज़ पर ट्रे रखते हुए कहा।

"लो मंगेश...चाय लो....अरे मन्नी नमकीन नहीं लायी?...."

"वो मिली नहीं मम्मी....कहाँ पड़ी है?"

"अरे रहने दीजिये चेतना जी.....क्यूँ बच्ची को परेशान कर रही हैं.....ये ठीक है...." मंगेश ने प्लेट से एक बिस्कुट उठाकर दांतों से तोड़ते हुए कहा और चाय का कप मुंह से लगा लिया और "ऊं...चाय बहुत अच्छी बनाई है बेटा...." मनस्वी को देखते हुए बोला।

ये सुनकर मनस्वी की चेहरे पर एक मुस्कान आ गई और वो "थैंक यू" बोल कर बैठक से बाहर चली गई।

"मन्नी की शक्ल बिल्कुल आप जैसी है....जब उसने दरवाज़ा खोला तो मुझे लगा कि आप हो....."मंगेश की आँखों में एक झिझक सी थी।

"अच्छा..." चेतना ने मंगेश की आँखों में देखते हुए कहा फिर अचानक से बोली "अरे मंगेश एक बात पूछना तो मैं भूल गई.... तुम्हें यहाँ का एड्रेस कहाँ से मिला?.......मम्मी भी नहीं रही.... और मेरी शादी के बाद तो हम आज ही मिल रहे हैं..."

"शादी के कार्ड में लिखा था....."मंगेश ने चाय सुड़कते हुए बिना चेतना की ओर देखे कहा।

"शादी का कार्ड?....किसकी शादी का कार्ड?" चेतना ने बड़ी हैरान होते हुए कहा।

"आपकी और अशोक जी की शादी का कार्ड....." मंगेश चाय के कप में झांक रहा था।

"कमाल है....तुम्हें एड्रेस याद रह गया....." चेतना की हैरत और बढ़ गई।

"वो कार्ड मेरे पास अभी भी है...." ये कहते कहते मंगेश की ज़बान लड़खड़ा गई।

सुन कर चेतना सकते में आ गई। वो कुछ ना बोली बस चुप चाप चाय के घूंट भरती रही मगर उसकी आँखों के कोनों से बहते हुए पानी को मंगेश देख चुका था।

"क्या हुआ चेतनाजी?....आप...." मंगेश का जुमला फिर अधूरा रह गया।

"एक तुम हो जिसने मेरी शादी का कार्ड अब तक संभाल के रखा है....और एक मैं हूँ....उस दिन की हर याद हर निशानी भुला देना चाहती हूँ...." चेतना ने चाय के आखिरी घूंट के साथ साथ एक लंबी ठंडी सांस भी भरी।

"ऐसा क्यूँ?...."मंगेश की आवाज़ में एक अजीब सी बेचैनी थी।

"अरे छोड़ो ना....तुम इतने सालों बाद मिले हो....कुछ और बात करो....काहे को गढ़े मुर्दे उखाड़ना......" चेतना ने नकली सी मुस्कान देते हुए कहा।

"मुर्दा अभी गढ़ा नहीं है चेतना जी.....इसलिए सड़ान्ध मार रहा है....बताइये ना क्या बात है?...." ये बोलते हुए मंगेश की आवाज़ कंपकपा रही थी।

"क्या बताऊँ?....बस इतना समझ लो....ये ज़रूरी नहीं जो फोटो अच्छा खींचता हो वो खुद भी अच्छा हो.......फोटो लेते वक़्त कैमरे की किच की आवाज़ के अच्छे लगने अलावा...बाकी तो बस हर वक़्त की किच किच ही है.....अच्छा है सारा दिन स्टुडियो में बेजान तस्वीरों से माथा मारने में निकल जाता है.....एक दिन भी घर में रह जाएँ तो माथा दुखने लगता है.....मुहाल हो गया है जीना....अच्छी ख़ासी ज़िंदगी दोज़ख बन गई..... ये तो बस मन्नी का ख्याल आ जाता है वरना....." इस बार चेतना जी का जुमला अधूरा रह गया मगर इस अधूरेपन में वो सब कह चुकी थी। चेतना जी की इन बातों ने मंगेश के ज़हन में अशोक का एक ऐसा ख़ाका खींच गया जिससे वो सिर्फ नफरत ही कर सकता था। उसे

अशोक के साथ साथ खुद पर भी गुस्सा आ रहा था। क्यों नहीं उसने उस वक़्त चेतना जी से वो सब कह डाला जो वो उनके बारे में सोचता था। माना कि उम्र में वो उससे कुछ एक साल बड़ी थी मगर यहाँ उम्र नहीं शायद उसका खुद का दब्बूपन उसकी झिझक थी जिसकी वजह ये रिश्ता उसके पिता जी की दुकान से चेतना जी के घर तक सौदे से भरा झोला छोड़के आने के अलावा कहीं और नहीं पहुँचा।

"ठीक है चेतना जी मैं चलता हूँ...." मंगेश ने उठते हुए कहा।

"अरे इतनी जल्दी....बैठो बातें करो...खाना खा के शाम तक चले जाने...."

"नहीं चेतना जी पहले ही काफी देर हो चुकी है मैं और नहीं रुक सकता....मनस्वी को प्यार देना...." ये कहकर मंगेश तेजी से दरवाज़े की ओर बढ़ा और बाहर निकल गया।

चेतना जी दरवाजे की दहलीज़ पर खड़ी तब तक देखती रही जब तक मंगेश बाहर की भीड़ में गायब नहीं हो गया।

मंगेश ने हाथ देकर एक ऑटो को रोका " बस अड्डे " ये कहकर तमतमाया सा उसमे बैठ गया। रह रह कर चेतना जी की रुआंसी सी शक्ल उसकी आँखों के आगे आ रही थी और उसे अशोक पर गुस्सा।

" रोक दे भई...."अशोका स्टुडियो का बोर्ड देखकर मंगेश ने ऑटो रुकवा लिया।

बस अड्डे के ठीक सामने एक कतार में बनी कई दुकानों के बीच बना था ये स्टुडियो । ऑटो वाले को भाड़ा दे कर वो तेज़ कदमों से अशोका स्टुडियो की ओर बढ़ चला।ज़मीन से कोई चार सीढ़ियाँ ऊपर चढ़ने से पहले मंगेश के कदम एकदम से थम से गए वो वहीं खड़ा खुद से उलझने लगा-"आखिर बात शुरू कैसे की जाए ? क्या कहूँगा मैं अशोक जी से ? किस हक़ से मैं चेतना जी के साथ की गई उनकी बदसलूकी पर उन्हें लताड़ूगा ? कहीं ऐसा ना हो कि मेरे ये बेसब जज़बात उन दोनों के चरमराए से रिश्ते को नेस्तनाबूद ही कर डालें ? आखिर मेरा क्या लेना देना इन सबसे ? अच्छा तो ये रहेगा यहीं बस अड्डे से बिलासपुर की बस पकड़ूँ और लौट जाऊँ।" इस ख्याल से वो पलटा और बस अड्डे की तरफ चल दिया मगर यकायक " एक बार मिल तो लूँ अशोक जी से

? क्या ज़रूरी है उनको ये बताना की मैं कौन हूँ ? यहाँ क्यूँ आया हूँ ? " इस ख्याल ने उसके कदम वापस मोड़ दिये। चार सीढ़ियाँ ऊपर चढ़ कर वो स्टूडिओ में दाखिल हुआ। अंदर एक गद्दे दार बेंच था और एक लकड़ी का सफ़ेद छोटे सा काउंटर , जिसके ठीक पीछे वाली दीवार पर फ्रेम में जड़ी कुछ तस्वीरें लटक रही थीं । उसने गौर से उन तस्वीरों को देखा हर तस्वीर में अलग अलग पोशाक पहने अलग अलग पोज़ देती सिर्फ चेतना जी ही दिखाई दे रही थी। वो बस एक टक उन तस्वीरों को देखता रहा। अपने खुद को तस्स्वुरात को आज वो पहली बार फ्रेम में जड़े देख पा रहा था। "चेतना जी सही कह रही थी ,वाकई अशोक जी फोटो अच्छे खींचते हैं,मगर वो इस वक़्त हैं कहाँ? यहाँ तो कोई दिख भी नहीं रहा..." बावजूद ये जानते हुए कि उसने अशोक जी को आज तक देखा ही नहीं था वो स्टुडियो के दरवाज़े के बाहर झांक इधर उधर देखने लगा मगर चेतना जी की तस्वीरों को फिर से एक बार देखने के लालच ने उसे अंदर खींच लिया। बड़े इत्मीनान से एक एक तस्वीर को वो आँखों में उतारता रहा।जितनी बार वो हर तस्वीर को देखता उतनी ही बार उसका मन मलाल से भर जाता।अगर वो थोड़ी सी भी हिम्मत दिखाता तो मन में मलाल लिए यहाँ खड़े उसे इन तस्वीरों को ना निहारना पड़ता। " हाँ जी भाई साब क्या खिदमत करूँ? " इस आवाज़ ने अचानक उसका ध्यान उन तस्वीरों से अपनी ओर खींच लिया। उसने पलट के देखा एक पकी सी उम्र वाला पिचके से गालों वाला, खिचड़ी बालों वाला शख़्स उसके पीछे खड़ा था जिसकी शक्ल से बेचारगी और मासूमियत माशा माशा करके टपक रही थी। "ये अशोकजी हैं?" चेतना जी की बातें सुनकर अशोक जी का जो ख़याली खाका मंगेश ने अपने मन की स्लेट पर उकेरा था उसपर भीगा स्पंज चलते देर ना लगी। "माफ करना आपको इंतिज़ार करना पड़ा दरअसल यहाँ आस पास कुछ है नहीं इसलिए बाथरूम इस्तेमाल करने के लिए बस अड्डे जाना पड़ता है...."ये कहते कहते वो धीरे धीरे चलता काउंटर के पीछे जा खड़ा हुआ।" बताईए पास पोर्ट या कार्ड साइज़? " मंगेश को सवाल ही समझ नहीं आया तो वो जवाब क्या देता "मतलब?" "मेरा मतलब फोटो कैसा खिंचवाना है?" मंगेश सवाल तो समझ गया था मगर इसका जवाब तो वो सोच

के ही नहीं आया था और उसे तो ये भी नहीं पता था कि वो अशोकजी को कहने क्या आया था। "आप पास पोर्ट खींच दीजिये..." मंगेश के मुंह से बस निकल गया। "अंदर आईए..." उस दुकान के अंदर प्लाई से बने एक छोटे से खोके नुमा कमरे का दरवाज़ा खोल उसके अंदर घुसते हुए अशोक ने मंगेश से कहा। बिना ज़रूरत के खामख्वाह ही ऐसे फोटो खिंचवाना मंगेश को बड़ा अटपटा सा लग रहा था।उसे अब तक ये पता नहीं लगा था कि वो ये सब क्यूँ कर रहा था। वो बस चुप चाप अशोक के पीछे उस कमरे में दाखिल हुआ जहां बड़ी सी दो फोकस लाइटों के बीच एक स्टूल रखा था और कोने में एक मेज़ पर एक कंप्यूटर और एक प्रिन्टर रखा था और एक दीवार पर एक आईना टंगा था। "बाल ठीक कर लीजिये..." एक कंघा मंगेश को पकड़ाते हुए अशोक ने कहा। हाथ में कंघा लिए मंगेश कभी कंघे को देखता कभी फोटो लेने की तैयारी करते हुए अशोक को। "यहाँ बैठ जाइए और सीधे कैमरे में देखिये...." उस स्टूल पर बैठने का इशारा करते हुए अशोक ने मंगेश से कहा। मंगेश चुप चाप कठपुतली की तरह वो सब करता रहा जो अशोक उसे करने को कह रहा था। "सामने देखिये...ठीक...स्माइल....रेडी..." ये कहते ही अशोक जी के गले में लटके कैमरे से चिक की आवाज़ आई और अशोक ने सिर्फ इतना कहा "ठीक है...हो गया" और कैमरा उतार कर कंप्यूटर के पास रखा और बाहर निकल गया। काउंटर के दराज़ से अशोक ने एक रेगिस्टर निकाला और बोला "कितनी कॉपी चाहिए?...." मंगेश को समझ नहीं आ रहा था आखिर उसके साथ ये हो क्या रहा था वो सिर्फ इतना ही बोला "दस बहुत हैं" । "नाम क्या लिखूँ?" "जी मंगेश...." "ठीक है...परसों ले जाना..." "परसों ?" मंगेश का लहज़ा सवालिया था। "इससे जल्दी चाहिए ?" मंगेश ने बिना सोचे सिर हिला दिया। ये सब इतना जल्दी जल्दी हो रहा था की उसे सोचने का मौका ही नहीं मिला। "आप बैठो ज़रा" ये कह कर अशोक फिर से उस कमरे में घुस गया जहां उसने मंगेश की फोटो उतारी थी और कुछ ही पल में लौट आया। "प्रिन्टर ऑन किया है थोड़ा सा टाइम लगता है उसकी काटरीज़ गर्म होने में....अच्छे से अगर काटरीज़ गर्म ना हो तो शीट पर कलर खींल जाते हैं...." मुस्कुराते हुए अशोक ने कहा "आप को कुछ काम है तो कर आइए तब तक मैं फोटो

तैयार करके रखता हूँ...” “नहीं...मैं यहीं वेट करूँगा....” मंगेश ने बेंच पर बैठ बैठे एक बार फिर से चेतना जी की तस्वीरों को देखते हुए कहा। अचानक ही ये जानते हुए की ये तस्वीरें अशोक ने ही उतारी हैं उसके मुंह से निकल गया “ये फोटो आपने खींची हैं?” “हाँ...बहुत पहले खींची थी...”अशोक ने बाहर देखते हुए कहा। “अच्छी है....” मंगेश बोला “क्या तस्वीर या?....”अशोक ने जुमला बीच में छोड़ दिया। “जी दोनों...”मंगेश ने झेंपते हुए कहा। “ये मेरी बीवी है....ये तो कुछ भी नहीं हैं.....शादी के बाद मैंने उसकी ना जाने कितनी फोटो नहीं खींची....सब रखी हैं घर के स्टोर में....” ये कहते हुए अशोक की आँखें चमक उठी। “अब नहीं खींचते आप उनकी फोटो ?” मंगेश ने अशोक की चमकती आँखों में झाँकते हुए पूछा। अशोक ने इसका जवाब नहीं दिया वो सिर्फ मुस्कुरा दिया। अब अशोक की मुस्कान का मंगेश क्या मतलब निकाले ये उसे समझ नहीं आया।“यहाँ कहाँ रहते हैं आप?” कुछ देर चुप रह कर अशोक ने पूछा।

“मैं यहाँ नहीं रहता.....”

“अच्छा कहाँ से हैं आप?”

“बिलासपुर....”

“अरे बिलासपुर तो मेरी ससुराल है....चाय लेंगे?” ये कहते हुए अशोक चहक उठा।

इससे पहले मंगेश कोई हाँ या ना कर पता अशोक ने जेब से मोबाइल निकाला और किसी को फोन करते हुए बोला “दो चाय भेज दे दुकान पे और साथ में कुछ खाने को भी”

“अरे नहीं...क्यूँ तकलीफ कर रहे हैं आप?”

“भाई चाय पीने में कैसी तकलीफ आखिर आप मेरी ससुराल से आए हैं...एक चाय तो बनती है.....बिलासपुर में कहाँ रहते हैं?.....”

“वो कोर्ट रोड कॉलोनी....” मंगेश ने झूठ बोलना बेहतर जाना और फिर “अभी देर लगेगी?” पूछ कर उसने बात बदलने की कोशिश की।

“हाँ बस 10 मिनिट और इतने में चाय भी पी लेंगे....”

अब मंगेश को बेचैनी सी होने लगी थी। पता नहीं क्यूँ उसने अपने आप को इन अजीब से हालात में फंसा दिया था।चेतना जी की आँखों के कोनो से गिरते पानी को देख वो तिलमिलाया सा अशोकजी को ना जाने

क्या क्या कहने आया था पर यहाँ फोटो खिंचवा कर चाय की इंतिज़ार कर रहा था। फिर ना जाने उसे क्या हुआ चेतना जी का वो रूआँसा सा चेहरा याद कर और इन फोटो में उनका खिला सा चेहरा देख उसके मुंह से बरसबस ही निकल गया "आप अपनी बीवी की अब की कोई फोटो यहाँ क्यों नहीं लगाते?"

"21 साल हो गए मेरी शादी को...अब फोटो क्या खिंचनी और क्या लगानी...."अशोक के चेहरे पर मुस्कान और उदासी एक साथ उमड़ आई।

"क्यूँ बीवी तो वो अभी भी आपकी ही हैं..."मंगेश के लहज़े में हल्का सा गुस्सा था।

"आपकी शादी को कितने साल हो गए?" अशोक के इस सवाल का मंगेश ने रूखा सा जवाब दिया "मैंने शादी नहीं की..."

"फिर आप क्या समझेंगे...." ये कहते हुए अशोक के चेहरे पर मायूसी सी आ गई।

"क्यूँ ऐसा क्या है जो मैं नहीं समझ सकता?...."मंगेश का पारा चढ़ने लगा था।

"भाई साब सुखी हो...मौज कर रहे हो...बस इतना समझ लो....मेरी जगह नहीं हो..."

अब मंगेश ये कैसे कहता कि उसे इसी बात का तो अफसोस है कि वो अशोक की जगह नहीं है इसलिए चेतना जी का ख्याल आते ही वो ये बोला

"क्या बात कर रहे हो आप?... इतनी अच्छी तो हैं वो...."

ये सुनकर अशोक तड़प उठा और एकदम से फट पड़ा "भाई साब ये ज़रूरी नहीं कि जिसका फोटो अच्छा आता हो वो खुद भी अच्छा हो.... फोटो लेते वक्त कैमरे की किच की आवाज़ के अच्छे लगने अलावा...बाकी तो बस हर वक्त की किच किच ही है.....ये तो अच्छा है सारा दिन स्टुडियो में बेजान तस्वीरों से माथा मारते निकल जाता है....एक दिन भी घर में बीते तो माथा दुखने लगता है.....मुहाल हो गया है जीना....अच्छी ख़ासी ज़िंदगी दोज़ख बन गई..... ये तो बस बेटी का ख्याल आ जाता है वर्ना...." उसने जो कहा मंगेश कुछ देर पहले ही करीब

करीब वैसा ही सुन चुका था।उसे ऐसा लगा जैसा चेतना जी ही अशोक जी के अंदर से बोल रही हैं। उसका सिर चकराने सा लगा।इससे पहले बात और आगे बढ़ती एक लड़का एक ट्रे में दो काँच के गिलासों में चाय और एक दोने में कुछ नमकीन लेकर आया और काउंटर पर रख कर चला गया।

"आप चाय लो मैं अभी आपका काम करके आता हूँ...." ये कहकर अशोक ने एक गिलास हाथ में लिया और अंदर उस छोटे से कमरे में दाखिल हो गया।

बाहर बेंच पर बैठा मंगेश कभी चेतना जी के फोटो को देखता कभी चाय के गिलास को। उसके लिए ये तय कर पाना मुश्किल सा हो रहा था कि वो किसकी बात को सही माने। घर में चेतना जी ने और यहाँ अशोक जी ने एक ही बात दोहराई थी और ये बात कहते वक़्त उसे दोनों की शिद्दत में कहीं भी कोई कमी नज़र नहीं आई थी।दोनों ही सच बोलते दिखाई दे रहे थे। तो फिर कैसे पता लगे कि किसका सच कितना सच है?

उसने एक बार फिर से चेतना जी की तस्वीर को देखा, अशोकजी को प्लाई वाले कमरे में और चाय के गिलास को ट्रे में छोड़ा और "बिलास पुर वाली बस शायद तीन नंबर डीपो से जाती है", ये सोचता हुआ वो दुकान से बाहर निकल सीधा बस अड्डे की ओर चल दिया।